共和国故事

法律武器

——全国广泛开展"一五"普法活动

陈秀伶 编写

吉林出版集团股份有限公司

图书在版编目（CIP）数据

法律武器：全国广泛开展"一五"普法活动/陈秀伶编. —

长春：吉林出版集团股份有限公司，2009.12

（共和国故事）

ISBN 978-7-5463-1785-4

Ⅰ．①法… Ⅱ．①陈… Ⅲ．①纪实文学－中国－当代 Ⅳ．①I25

中国版本图书馆 CIP 数据核字（2009）第 236755 号

法律武器——全国广泛开展"一五"普法活动

FALÜ WUQI　　QUANGUO GUANGFAN KAIZHAN YIWU PUFA HUODONG

编写　陈秀伶

责任编辑　祖航　蔡大东

出版发行　吉林出版集团股份有限公司

印刷　三河市嵩川印刷有限公司

版次　2010 年 1 月第 1 版　　　　2022 年 1 月第 10 次印刷

开本　710mm×1000mm　1/16　　　印张　8　字数　69 千

书号　ISBN 978-7-5463-1785-4　　　定价　29.80 元

社址　吉林省长春市福祉大路 5788 号

电话　0431－81629968

电子邮箱　tuzi8818@126.com

版权所有　翻印必究

如有印装质量问题，请寄本社退换

前　言

　　自 1949 年 10 月 1 日中华人民共和国成立至今,新中国已走过了 60 年的风雨历程。历史是一面镜子,我们可以从多视角、多侧面对其进行解读。然而有一点是可以肯定的,那就是,半个多世纪以来,在中国共产党的领导下,中国的政治、经济、军事、外交、文化、教育、科技、社会、民生等领域,都发生了深刻的变化,中国人民站起来了,中华民族已屹立于世界民族之林。

　　60 年是短暂的,但这 60 年带给中国的却是极不平凡的。60 年的神州大地经历了沧桑巨变。从开国大典到 60 年国庆盛典,从经济战线上的三大战役到经济总量居世界第三位,从对农业、手工业、资本主义工商业的三大改造到社会主义市场经济体制的基本确立,从宜将剩勇追穷寇到建立了强大的国防军,从废除一切不平等条约到独立自主的和平外交政策,从"双百"方针到体制改革后的文化事业欣欣向荣,从扫除文盲到实施科教兴国战略建设新型国家,从翻身解放到实现小康社会,凡此种种,中国人民在每个领域无不留下发展的足迹,写就不朽的诗篇。

　　60 年的时间在历史的长河中可谓沧海一粟。其间究竟发生了些什么,怎样发生的,过程怎样,结果如何,却非人人都清楚知道的。对此,亲身经历者或可鲜活如昨,但对后来者来说却可能只是一个概念，对某段历史的记忆影像或不存在，或是模糊的。基于此，为了让年轻人，特别是青少年永远铭记共和国这段不朽的历史，我们推出了这套《共和国故事》。

《共和国故事》虽为故事，但却与戏说无关，我们不过是想借助通俗、富于感染力的文字记录这段历史。在丛书的谋篇布局上，我们尽量选取各个时代具有代表性或深具普遍意义的若干事件加以叙述，使其能反映共和国发展的全景和脉络。为了使题目的设置不至于因大而空，我们着眼于每一重大历史事件的缘起、过程、结局、时间、地点、人物等，抓住点滴和些许小事，力求通透。

历史是复杂的，事态的发展因素也是多方面的。由于叙述者的视角、文化构成不同，对事件的认知或有不足，但这不会影响我们对整个历史事件的判断和思考，至于它能否清晰地表达出我们编辑这套书的本意，那只能交给读者去评判了。

这套丛书可谓是一部书写红色记忆的读物，它对于了解共和国的历史、中国共产党的英明领导和中国人民的伟大实践都是不可或缺的。同时，这套丛书又是一套普及性读物，既针对重点阅读人群，也适宜在全民中推广。相信它必将在我国开展的全民阅读活动中发挥大的作用，成为装备中小学图书馆、农家书屋、社区书屋、机关及企事业单位职工图书室、连队图书室等的重点选择对象。

编　者

2010 年 1 月

一、决策实施

二、普法行动

三、学法守法

一、决策实施

● 邹瑜回忆说：当时的中央领导对全民普法是很支持的，我没有听说哪个领导不赞成。

● 彭真说：决议草案可以交大会表决通过。一旦通过了，你们就要努力工作，保证实现。

● 邓小平指出：领导干部学法，不仅有助于普及法律知识教育和带动全党学法守法，依法办事，而且有助于保证全面改革和四化建设的顺利进行。

中央提出全民普法构想

1980 年年初的一天，全国人大常委会副委员长兼法制委员会主任彭真，针对普法问题人大常委会法制委员会副秘书长刘复之说，最好能找几个搞过政法工作，又有地方工作经验的人来。

于是，刘复之就向彭真推荐了邹瑜。

1980 年 4 月，邹瑜从国家地震局局长的岗位上，调到了全国人大常委会法制委员会，担任法制委员会副秘书长。

1981 年，全国人大常委会副委员长习仲勋兼任法制委员会主任，邹瑜担任了法制委员会副主任。

20 世纪 80 年代初，立法机关虽开始了系统的立法进程，司法机关也恢复了正常运转，但是，在当时，由于受到一些不良风气的影响，加上大多数的干部和群众不懂法，由此引发的各种违法犯罪问题，时时困扰着人们。

从那时候起，邹瑜就初步萌生了要普及法律常识的基本想法。

1982 年 4 月，邹瑜从全国人大常委会，调到司法部工作，担任第一副部长，1983 年又升任司法部部长。

邹瑜了解到，司法部过去也开展过法制宣传方面的工作。但是，当时的法制宣传仅限于文字宣传，而且宣传的对象、目的不够明确，广度、深度都不够，效果不明显。

20世纪80年代初，虽然各地开展了法制宣传工作，但是，就全国范围来讲，还没有做到经常化、制度化、系统化，也没有达到使每个公民都能做到知法守法的要求。

比如，当时在许多地方，由于人们不懂经济合同法，乱签合同，合同条款混乱，无法执行；有的即使合同符合法律要求，也随意撕毁；有的则受骗上当，遭受了严重的损失。

1984年，在浙江省绍兴县，工农业总产值为19.2亿元。工商管理部门调查的7.4万份绍兴县与外地签订的经济合同，标的达13.5亿元，其中不符合经济合同法规定的无效合同就有1.7万份，占22.8%。无效合同标的5.1亿元，占总标的金额的37.8%。因此，该县被外地拖欠的货款达2亿元。

在江苏省武进县，合同管理也很混乱。到1984年年初，全县乡镇企业拖欠在外的款项达1.16亿元。

从当年5月开始，武进县司法局在乡镇企业中开展了经济合同法宣传，并对合同进行了复查，使企业干部初步掌握了合同法知识，学会运用法律手段解决合同纠纷。仅半年时间，就收回欠款2300万元。

懂法与不懂法，结果是大不一样的。在全民中广泛开展法制宣传教育，逐渐成为从中央到地方各方面的共识。

1984 年前后，彭真在一次会议上提出，要把法律交给人民。这就意味着必须要让人民掌握法律，做到懂法、知法、守法、用法。

为了实现这一任务，邹瑜开始注意发现各地法制宣传的好典型。

在调研中，邹瑜发现辽宁本溪钢铁公司的领导干部，带头给职工上法制课，深受职工的欢迎。这给邹瑜留下了极为深刻的印象。

1984 年春，邹瑜带着一个工作组，到本溪蹲点，和职工一起听法制课。

在课堂上，邹瑜发现多数职工都在认真地做笔记，他感到很有意思。在休息的时候，邹瑜就与一位车间主任聊天。

邹瑜问："学法有兴趣吗？"

这位车间主任回答说："我们不但对学法有兴趣，而且学了还挺管用。"

邹瑜接着问："你讲讲怎样管用。"

车间主任说："学法前，车间常常丢失工具和物品；学法后，再没有丢失过东西。而且，有的职工还悄悄地把东西送了回来。"

1984 年 6 月 5 日至 7 日，邹瑜他们在本溪市召开了有各省、市司法厅局长参加的全国法制宣传工作现场会。

就是在这次会议上，邹瑜首次提出了一个十分大胆的设想：

　　　争取用 5 年左右的时间，在全体公民中普及法律常识。

　　随后，邹瑜带领相关人员，开始全面实行普法前的实地调研。

●决策实施

大力推动全民普法工程

在一个幅员辽阔，人口众多，文化教育尚不发达的国家，普及法律常识，其艰辛程度可想而知。

邹瑜指出：

我们提出的全民普法规划是一个大的系统工程，这项工作光靠司法行政机关的力量远远不够，没有全党、全国动员是不可能实现的。

从本溪现场会回来以后，邹瑜就向彭真做了汇报。邹瑜后来回忆：

彭真一开始顾虑比较大，他说，中国文化教育不发达，有80%的农民，其中很多都是文盲，要在5年之内普及法律知识恐怕做不到。

规划是能够实现的。因为群众有学法、用法的迫切要求；我们的标准目标不高，是普及法律常识而不是法律知识；另外，所谓基本普及，是指60%的公民学懂了宪法、刑法、民法通则等大法和治安管理处罚条例的基本常识。

彭真在听了邹瑜的解释以后，说可以这样做。

于是，邹瑜接着又提出，能不能由全国人大常委会通过一个决议，推动全民普法。

彭真表示同意，让邹瑜先做准备。

在 1985 年年初，中央书记处转发了中央政法委书记陈丕显在全国政法工作会议上的讲话，其中提到了全民普法。

邹瑜当时是中央政法委委员，在政法委会议上汇报过全民普法问题。陈丕显的这个讲话，曾征求了邹瑜的意见。

邹瑜后来回忆：

> 当时的中央领导对全民普法是很支持的，我没有听说哪个领导不赞成。

1985 年 6 月 9 日至 15 日，根据彭真的倡议，中共中央宣传部、国务院司法部在北京共同召开了全国法制宣传教育工作会议。

这次会议是新中国成立以来，第一次专门讨论法制宣传教育工作的全国性会议。各省省委宣传部部长、司法厅厅长都来参加了。

邹瑜后来回忆：

> 当时中宣部部长邓力群十分支持。开会时，

他正在外地，我给他打电话请他回来，我做工作报告，他作大会总结。

这次会议的召开，在国内外产生了强烈反响。知名人士梁漱溟、张申府、喻培厚致信彭真委员长及各位副委员长，表达衷心感激和拥护之意，说这一措施将使我国成为世界上第一个社会主义法治国家，为人类历史进程开辟了光明伟大的新航道，成为世界各国的光辉典范。

1985 年 11 月，在六届全国人大常委会第十三次会议上，司法部提交了普法"一五规划"草案。

全国人大常委会会议在审议时，多数常委会组成人员表示赞成，但也有少数人认为难以实现。

他们的主要顾虑是，党和政府的工作千头万绪，但"上面千条线、下面一根针"，当时只有计划生育工作在基层贯彻得比较好，能扎到底，其他工作执行都打了折扣，还有没有精力抓普法工作呢？

这种怀疑是有一定道理的。为此，邹瑜向他们解释，只要全党、全国重视，真正把它当一回事来抓，认真督促，是可以贯彻好的。一个五年规划不行，还可以有两个五年规划、三个五年规划……

彭真也很重视，专门找邹瑜谈话。

彭真认为：

我看了常委会的简报，有些人认为普法规划难以实现。人大一旦形成决议，如果实现不了，那便是违反决议。

决议草案可以交大会表决通过。一旦通过了，你们就要努力工作，保证实现。

1985 年 11 月，中共中央、国务院以中发（1985）23 号文件，转发中宣部、司法部《关于向全体公民基本普及法律常识的五年规划》。

至此，"一五普法规划"用法律形式加以肯定，这就有了权威性。

中央部署全民普法工作

1985 年 11 月 5 日，中共中央和国务院转发《关于向全体公民基本普及法律常识的五年规划》的通知：

> 应当指出，在一些干部中，违法乱纪、触犯刑律的现象，如贪赃枉法，营私舞弊，欺压群众，任意侵犯公民人身权利、民主权利和其他合法权益等，至今仍然不断发生，严重损害国家和人民的利益……对违法乱纪、触犯刑律的人，特别是违法的"执法者"，必须严肃依法追究，尽速查处，做到件件有着落。政法部门和一切执法工作人员更要带头学好法律，以法律为准绳，规范自己的言行，坚持光明正大、公道正派的原则，发扬廉洁奉公、见义勇为的优良作风，为维护法律的尊严，维护国家和人民的利益作出新的贡献。

在通知中，附《中共中央宣传部、司法部关于向全体公民基本普及法律常识的五年规划》。

法制宣传教育重新被重视，是从党的十一届三中全会开始的。在这次里程碑性的大会之后，国家的立法步伐明显加快，在短短几年之内，我国就制定了涉及国家政治生活、经济生活和社会生活各个重要领域的法律法规 300 多部。

虽然当时我国的法律还不够完备，但在重要的、基本的方面，应该说是有法可依的。与此同时，非常严峻的社会治安形势，又迫切需要提高全社会的法治观念。

1980 年 12 月，邓小平在中央工作会议上指出：在党政机关、军队、企业、学校和全体人民中，都必须加强纪律教育和法制教育。

向全体公民基本普及法律常识是关系全民的大事，应当由全国人大常委会批准和作出决议，这样才能更好地在全民中实施。为此，1985 年 8 月 20 日，国务院向全国人大常委会提出了《关于加强法制宣传教育在公民中普及法律常识的决议（草案）》的议案。11 月 5 日，中共中央、国务院同意并转发了这个规划。

"规划"明确了普及法律常识的对象是工人、农（牧、渔）民、知识分子、干部、学生、军人、其他劳动者和城镇居民中一切有接受教育能力的公民。

确定了普及法律常识的基本内容是我国的《宪法》《刑法》《刑事诉讼法》《民事诉讼法》《婚姻法》《继承法》《经济合同法》《兵役法》《治安管理处罚条例》，以及其他与广大公民有密切关系的法律常识。

指出了普及法律常识，"是加强我国社会主义民主和法制建设的重大步骤"。"它对于巩固和发展安定团结的政

决策实施

治局面，争取社会风气、社会秩序、社会治安状况的根本好转，使国家长治久安；对于保障和促进社会主义物质文明和精神文明的建设，逐步实现工业、农业、国防和科学技术的现代化，把我国建设成为高度文明、高度民主的社会主义国家，具有重要的现实意义和深远的历史影响"。

"规划"还对普及法律常识的要点，即《宪法》《刑法》《刑事诉讼法》《民事诉讼法》《婚姻法》《继承法》《经济合同法》《兵役法》《治安管理处罚条例》做了解释，对普及法律常识的方法、步骤、组织领导等方面，做了详细的说明。

对普及法律常识的考核方法，"规划"从个人考核标准和单位考核标准两个方面作了规定，对组织实施的领导方式方法提出了要求。

"规划"要求普法工作必须在各级党委和政府统一领导下，由党委宣传部门和司法部门主管，组织公检法、工青妇、文化、教育、新闻、出版、工业、农业、交通、财贸等各部门通力合作。同时，每半年要分别向中宣部和司法部报告一次工作，以便加强业务指导，保证普及法律常识工作的顺利进行。

这是全国人大常委会作出的第一个普法决议。

在中共中央、国务院《关于向全体公民基本普及法律常识的五年规划》通知下发后，由此开始了在亿万人民群众中普及法律常识、开展法制宣传教育的宏大工程。

全国人大通过普法决议案

　　向全体公民基本普及法律常识，是关系全民的一件大事，应当由全国人大常委会批准和作出决议，这样才能更好地在全民中实施。

　　为此，在 1985 年 8 月 20 日，国务院向全国人大常委会提出了《关于加强法制宣传教育在公民中普及法律常识的决议（草案）》的议案。

　　同年 11 月 8 日至 22 日，六届全国人大常委会第十三次会议，把这个议案列入了议程。

　　11 月 13 日上午，时任全国人大常委会委员长的彭真，在常委会全体会议上讲话时指出：

　　　　国务院提请这次会议审议的《关于加强法制宣传教育在公民中普及法律常识的决议（草案）》，很有必要，很及时。

　　　　我们的宪法和法律的实施首先是建立在干部、群众自觉遵守、执行的基础上的。

　　　　所以，加强法制宣传教育，在公民中普及法律常识，很重要，现在也是一个好的时机。

　　当时，有人对决议能否得到有效实施有些担心，认为最多走走过场而已。

最后，会议对"决议"表决通过了。

"决议"决定：

1. 从1986年起，争取用5年左右时间，有计划、有步骤地在一切有接受教育能力的公民中，普遍进行一次普及法律常识的教育，并且逐步做到制度化、经常化。

2. 普及法律常识的重点对象，是各级干部和青少年。各级领导干部，尤其应当成为学法、懂法、依法办事的表率。

3. 普及法律常识的内容，以《宪法》为主，包括刑事、民事、国家机构等方面基本法律的基本内容，以及其他与广大干部和群众有密切关系的法律常识。各部门还应当着重学习与本部门业务有关的法律常识，各地区还可以根据需要选学其他有关的法律常识。

4. 学校是普及法律常识的重要阵地。大学、中学、小学以及其他各级各类学校，都要设置法制教育的课程，或者在有关课程中增加法制教育的内容，列入教学计划，并且把法制教育同道德品质教育、思想政治教育结合起来。

5. 要编写简明、通俗的法律常识读物，紧密联系实际，采取多种形式，进行普及法律常识的宣传教育，努力做到准确、通俗、生动、健康。要扎扎实实，讲求实效，防止形式主义。

6. 普及法律常识，要在中国共产党的领导下，动员和依靠全社会的力量。一切国家机关和武装力量、各政党和各社会团体、各企业事业组织，都应当认真向本系统、本单位的公民进行普及法律常识的教育。报刊、通讯社和广播、电视、出版、文学艺术等部门，都应当把加强法制宣传教育、普及法律常识作为经常的重要任务。各级人民代表大会常务委员会和人民政府要加强对本决议的实施的领导，制订切实可行的规划，并采取有效措施，认真贯彻执行。

第六届全国人大常委会第十三次会议，表决通过了《关于在公民中基本普及法律常识的决议》，拉开了在亿万人民群众中开展普法活动的宏大工程的序幕。

1986年，就这样成了迈向法治之路的中国的一个特殊年份。

在此时，新中国的法制建设，在邓小平的领导下，已经迈向了一个崭新的历史阶段，立法工作也取得了丰硕成果。

按照"一五普法规划"的要求，从中央到地方，各级党委宣传部门和司法行政机关，联合成立了专门的普法机构，具体负责普法规划的实施。

　　普法，这一诞生在东方古老国度的新事物，从此走进了千家万户。

　　由于有了政府自上而下的推动，普法工作很快深入到中国人民政治、经济和社会生活的各个方面。

法律知识讲座走进中南海

1986 年，是"一五"普法的第一年。

当时，司法部部长邹瑜想到，全民普法首先要领导带头。

于是，在司法部党组会议上，邹瑜提出为中央领导干部举办法律知识讲座的设想。

邹瑜提出：

> 按照我们党历来的工作经验，凡事只要领导干部带头，动作起来了，下面就跟着办。
>
> 如果领导都不学法、知法，要下面的人学法，怎么可能呢？学法要从中央领导开始，从中南海学法开始。

与会的同志都很赞成邹瑜的想法。随后，大家对讲座的内容和主讲人作了讨论，还征求了一些法学家的意见。

接着，邹瑜又向中央政法委做了汇报。时任中央政法委书记的乔石，表示同意。

1986 年的 6 月，邹瑜给时任总书记的胡耀邦写了一封信。

● 决策实施

在信中，邹瑜提出：

> 普法工作要领导带头，首先请中央领导同志带头。建议中央政治局和书记处的同志带头听法制课，这样肯定对全国的普法工作是很大的推动。

胡耀邦对邹瑜的建议表示支持，随后，胡耀邦就把邹瑜的报告，批给了中央书记处书记胡启立。

邹瑜后来回忆：

> 一周时间不到，胡启立找我商量上课的计划。我们商定先开4讲，并确定了4讲的内容和主讲人。
>
> 4位主讲人分别是中国人民大学副教授孙国华、中国政法大学研究生院院长张晋藩、外交部条法司司长王厚立、中国政法大学教授江平。

邹瑜认为："这几个人都是各自领域的权威学者，孙国华当时经常给司法部做培训，跟我熟识；我当时还兼任中国政法大学校长，和张晋藩、江平也很熟悉。

"只有王厚立我不太了解，不过当时国际斗争很激烈，法律纠纷不少，中央领导很希望听听国际法方面的内容。"

邹瑜说，孙国华是第一讲，他当时很高兴、很激动，但又担心水平低讲不好。当时给他准备讲稿的时间只有两周。经书记处决定后，司法部与中国法学会协同准备第一次中南海讲课。

在正式讲课之前，司法部审读了孙国华的讲稿，还在司法部会议室，进行了一次试讲。社科院、法学会、中央书记处研究室有关人员应邀参加，并提出一些修改意见。

1986年7月3日，正式讲课。9时之前，司法部派车，将孙国华接到中南海。孙国华在邹瑜和另一副部长的陪同下，进入中南海小礼堂。

此时，田纪云、郝建秀已提前赶到，对孙国华表示了欢迎。

参加听课的，有中共中央政治局和书记处成员胡耀邦、方毅、田纪云、乔石、李鹏、胡乔木、姚依林、陈慕华、陈丕显、王兆国，以及中共中央纪律检查委员会、中央办公厅、中央政法部门、中央宣传部门和中共北京市委的主要负责人。

讲座由胡启立主持。同时传达了邓小平6月28日，在中央政治局常委听取端正党风、纠正不正之风工作汇报时，关于加强法制建设的意见。

邓小平指出：

领导干部学法，不仅有助于普及法律知识

教育和带动全党学法守法，依法办事，而且有助于保证全面改革和四化建设的顺利进行。

在讲课时，胡耀邦非要孙国华坐在主座上，并说"先生应当坐在主座上"。

听课的领导们都记了笔记，不时插话提问。讲课结束后，李鹏提出，以后应安排讲一讲《刑法》的内容，讲一讲政策与法律的关系问题。胡耀邦建议把听讲的范围再扩大一些。

课后，温家宝、王兆国和邹瑜邀孙国华共进午餐，大家围坐一桌。

中央领导人听法律知识讲座，在国内外引起极大反响。新华社发了通稿，《人民日报》等中央各大报纸和所有省级地方报纸，都转发了新华社的消息。

国外和港澳地区的新闻界，对此也十分关注。

邹瑜看到《参考消息》转载的外电，有的说中国进步了，重视法制了。

1986 年 8 月 28 日，在中南海进行了第二讲，由张晋藩讲《谈谈中国法制历史经验的借鉴问题》。

第三讲由王厚立讲《外交斗争与国际法》。第四讲是由江平讲《经济建设与法制建设》。

中央领导带头学法，对全民普法工作推动很大。在那几年，全民普法开展得相当好，让许多西方国家同行赞叹不已。

1986 年，德国司法部部长汉斯来访；1987 年，美国司法部部长米斯来访，他们都一再提到了中国普法这件事。

汉斯和米斯都说，在中国访问留下最深刻印象的事，就是中国搞的全民普法。还说，政府自上而下地动员和进行普法，只有你们社会主义国家才有这个力量，西方国家不可能做到。

米斯说，这在美国 200 多年的历史上，是从来没有过的。

中央领导集体学法，后来逐渐形成了制度。他们为全国人民学法，做出了表率。

决策实施

国家林业局普法办获殊荣

1984 年 9 月，六届全国人大常委会第七次会议审议通过《森林法》，并于 1985 年 1 月 1 日起施行，这标志着我国林业走上了依法治林的轨道。

此后，林业立法不断推进，所形成的法律制度，逐步覆盖了林业的主要领域。

在法律方面，《关于开展全民义务植树运动的决议》使我国的义务植树运动蓬勃地发展起来。

《野生动物保护法》，使我国野生动物的保护、发展和合理利用，走上了法治的轨道。

《种子法》为保护和合理利用林木种子资源，规范林木品种选育和林木种子、苗木生产、经营、使用提供了重要法律依据。

《防沙治沙法》是世界上第一部专门用于防沙治沙的法律。在行政法规方面，国务院依据林业法律相继制定公布了《森林防火条例》《野生动植物保护条例》等 14 件林业行政法规，进一步明确和细化了林业法律制度的内容。

此外，为深入贯彻实施林业法律法规，把林业法律法规的规定具体化，使之具有更强的可操作性，国务院林业主管部门，依照职权，制定公布了《森林公园管理办法》《林木林地权属争议处理办法》《占用征用林地审核审批管理办法》《营利性治沙管理办法》《林木种子质量管理办法》《森林资源监督管理办法》等 80 余件部门规章。

各级地方人大、地方政府，根据法律、行政法规的规定和本地实际需要，制定地方性法规和地方政府规章约 400 余件。

通过林业立法，我国基本形成了具有中国特色的林业法律法规体系，林业工作基本上做到了有法可依，有章可循。

在探索实践中，我国也积累了许多宝贵的经验，为实现林业有序运行，奠定了良好的法制基础。

同时，还使普法者在普法时，能够有章可循。

在一个村委会的墙壁上，挂着一套颜色发黄的挂图，村民说：

> 哪些事政府让做，哪些事做不得，图上说得清清楚楚。
>
> 随便上山砍树、打野物，那是要犯法的，做了要坐牢的。

这幅普法挂图，是由国家林业局普法办公室绘制印发的。挂图以图文并茂的形式，对林业法律知识和六大林业重点工程，进行了生动形象、深入浅出的图解。

在农村基层，特别是一些山区、林区，发挥了很好的法律宣传效果。

而这只是全国林业系统在普法期间，创新普法形式所做的各种尝试中的一种。

要依法治林，首先必须深入开展林业普法，多渠道、多形式、全方位地加大对林业法律法规的宣传教育力度，让广大干部群众学法、懂法、守法。

1985年11月，中共中央、国务院转发了中宣部、司法部《关于向全体公民基本普及法律常识的五年规划》。

随后，第六届全国人民代表大会常委会第十三次会议，通过了《关于在公民中基本普及法律常识的决议》，普法工作正式启动。

林业普法按照全国普法的总体部署，以五年为一个阶段，先后经历了从"一五"普法到"五五"普法的过程。

多年来，各级林业行政主管部门，齐抓共管，推进普法宣传教育工作，有力地促进了普法宣传教育工作的开展。

各级林业行政主管部门，建立了普法领导小组及办事机构，层层签订普法目标责任制，其内容列入各级领导干部年度指标考核内容。

林业系统还普遍建立起党委理论中心组学法制度、领导干部学法用法制度、领导干部法制讲座制度、法律知识培训制度、普法监督检查制度和普法合格证制度等。

各级林业党校、林业大中专院校等干部学法培训基地，以一种喜闻乐见的方式，结合林业工作实际，拓展了林业普法的宣传空间。

　　经过多年的普法工作，林业广大干部职工的法律意识和法律素质逐步增强，领导干部和行政执法人员依法行政能力逐步提高，林业法律意识和生态道德观念，正在逐步深入人心。

　　林业系统多个单位和个人，受到中宣部、司法部的表彰，国家林业局普法办连续四次获得了全国法制宣传教育先进集体称号。

●
决策实施

山东狠抓青少年法制教育

自普法工作开展以后，山东省就把青少年，特别是在校学生的法制教育作为普法重点，把依法治校作为依法治理的一项基础性工作来抓，取得了明显成效。

思想认识逐步深化，依法治校的领导、工作机制初步建立。

依法治校是依法治省的组成部分，是依法治国的重要基础。随着对开展依法治校重要性认识的不断深化，山东省各地初步建立起了自上而下的党委政府统一领导，教育行政部门、司法行政部门和共青团组织，齐抓共管，综治、文化等有关部门共同参与，学校、家庭、社会三位一体，共同搞好依法治校工作的领导体制和工作机制。

各级党委政府，普遍把依法治校工作，列入了重要议事日程。全省县以上教育主管部门和绝大多数中小学校，成立了依法治校领导和办事机构，配备了专兼职工作人员，实行统一领导，分级管理。

这些都为依法治校工作的顺利开展，打下了坚实的组织基础。

山东省有关部门还注重立法建制，依法治校的法制化、规范化、制度化格局基本形成。

山东省各级普法主管部门、教育行政部门和各级各类学校，都把制定完善有关依法治校的规定和校规校纪，作为重要的基础性工作。

根据有关法律和自身实际，形成了包括学校管理、教师职业道德、学生法制教育、评估检查、责任追究、奖惩以及礼貌规范、安全保卫、岗位职责、收费办法等内容的配套规章体系，从而使依法治校工作，基本实现了有法可依、有章可循、有据可依。

同时，还不断创新载体，学生法制教育的形式日益丰富多彩、生动活泼。

各地在充分发挥学校课堂法制教育主渠道的同时，积极探索法制教育的新途径、新方法，不断丰富形式，创新载体，使青少年学生的法制教育更加生动活泼，易于接受。

济宁市连续多年在全市 4000 多所大中小学，开展"遵纪守法光荣校"评选活动。日照、枣庄等地，组织开展模拟法庭、法制绘画比赛、法制小品表演、法制辩论会、法律知识竞赛、编写小小法制报、争创"法制校园"、预防青少年违法犯罪图片展览、"法在我身边"主题班会活动等，都是被实践证明行之有效的好形式，取得了明显的成效。

在普法的过程中，讲求针对性和实效性，依法治校工作成效明显。

各地普遍探索建立了青少年法制教育基地、家长法制学校、法制校园、法制长廊、法制墙等，发挥了很好的阵地作用。比如在许多中小学校，落实了聘任法制副校长或法制辅导员制度。针对中小学生的年龄、心理、认识水平和接受能力等，编写出版了较配套完善的法制教材。

各地普遍开展了告别"三室两台一厅"活动，依法取缔了学校周边不利于青少年健康成长的游戏娱乐场所，查禁了非法出版物，打击了各类社会丑恶现象，为学校工作的正常开展创造了良好的法制环境。

山东省在"一五"普法中，全省青少年的法制教育取得了良好的效果。全省70%以上的中小学校，实施了依法治校，依法决策、民主管理、民主监督的工作机制基本形成。广大教师依法育人、文明施教的水平和自觉性，明显增强。

同时，青少年学生的法律意识明显增强，法律素质不断提高，文明礼貌、尊师重教、遵纪守法的良好习惯逐步养成，有效地控制了青少年的违法犯罪现象。

江西掀起学法用法高潮

1984 年 12 月 15 日，江西省六届人大常委会第九次会议，通过《关于加强法制宣传教育的决定》，批准了《江西省向全体公民普及法律常识五年规划要点》，由江西省人民政府下发并组织实施。

由此，一场以 5 年为一个周期的法律启蒙运动，呈燎原之势，迅速在全省燃起。

1985 年 8 月 20 日，江西省委常委会专门听取了省委宣传部、省司法厅，关于全国法制宣传教育工作会议的汇报，并就会议的贯彻问题，确定了 5 条"铁律"：

把普法工作作为全省下半年 5 项主要任务之一；同意以省委、省政府名义，召开全省法制宣传教育工作会议；强调各级领导班子和领导干部带头学法，并决定从省委和省直机关做起，首先学法；同意成立省普法工作领导小组；为保障普法工作长期顺利开展，解决普法工作经费。

在 7 天后，省委下发 132 号文件，成立江西省普及法律常识工作领导小组。

同年 12 月 24 日，时任江西省委书记的万绍芬率领 100 多名领导干部，集中听取了江西大学法律系副主任李方陆讲授的法律常识辅导第一课《法学基础理论》。李方陆开讲的第二堂法制课《宪法》，则是在 1986 年 1 月 15 日。

在前后不到一个月的时间，全省党政军 100 余位领导干部，集体当了两回"学生"。可以想象，当时领导学习法律知识的迫切心情。

也正是从这个阶段开始，一场由领导带头做表率，带动群众学法的活动，在全省范围内如火如荼地开展起来。

这场自上而下、席卷全省的普法运动，让江西几千万人民群众，第一次近距离地触摸到法律。

从"一五"普法走来，全省涌现了不少热心的义务宣传员，并且坚持将普法宣传进行到底。

德安县蒲亭镇朝阳村第二小组的刘大爷和陈大娘是邻居，几年前两人相继丧偶。两人甚感晚年孤独，想一起生活，却遭到了子女们强烈的反对。

村支书乐新国在了解情况后，先是 4 次登门，终于把双方子女的工作做通。

随后，乐新国又找到两位老人，问他们是否一心一意在一起。在得到肯定的答复后，乐新国才放下心来。

于都县工商局职工袁西北，在交纳电费时，意外地发现工作人员给了他两张收款收据，一张是电费，另一张是"道路亮化费"。而后者收据上没有他的姓名，也没有代号，只注明了 1 至 7 月份需交 39 元钱。

袁西北后来得知，县政府下发通知规定，县城规划区内的单位、商家、居民照明用电户计费电量，按每千瓦时 0.02 元的标准征收"亮化费"。

就为了这 39 元钱，袁西北两次起诉于都县政府，最终于都县政府把"红头文件"撤销。

这是袁西北"民告官"官司的第一场胜利。在接下来的两年多时间里，袁西北先后状告于都县几十个行政部门，因此被誉为"江西维权斗士"。

全民普法运动，已经悄然改变了赣鄱大地几千万人的思维方式和行为方式。政府部门依法行政，已成为共识。犯了错误，要及时纠正。

普通百姓懂法、守法，再也不是一句空话。

全民普法运动的效果，业已凸显，全社会逐步形成了学法、守法、用法的新风尚，推动着政府依法行政和百姓懂法守法的良性互动。

●决策实施

龙岩开展普法宣传获成效

1985 年 11 月 5 日，中共中央、国务院批转了《关于在全体公民中基本普及法律常识的五年规划》之后，福建省龙岩市开展了普法宣传。

到 1988 年，机关企事业单位基本完成了"十法一例"普及任务，普法教育重点开始转向农村。

龙岩市有关部门，在农村普法教育中采取健全机构，统一领导，集中培训和逐级落实责任制的办法，在试点的基础上全面铺开。

到 1988 年年底，全区 127 个乡、镇和街道办事处，都成立了普法领导小组和办事机构，举办骨干培训班 1662 期，3 万多人受训。

龙岩市还编发了《农村普法通俗讲话》两万册，在 1527 个行政村广泛开展普法教育，使全市 62.9 万农民参加了学习，学完"十法一例"的达 23.2 万人。

1989 年，龙岩市集中主要精力，深入开展农村普法教育，并抓好各级领导干部学习治理整顿 16 个法律法规和机关企事业单位的普法考核验收工作。

同年 4 月，行署首次发布决定，表彰普法工作先进集体 62 个、先进个人 78 名。

10 月，地区 11 家单位，联合举办全区首次农村法律知识竞赛，乡镇企业职工和农民近 5 万人踊跃参赛，评出优胜奖 57 名。

在 1990 年，开展"新三法"，即《宪法》、《行政诉讼法》和《集会游行示威法》的普及教育，确定一批依法治理的试点单位，配合"严打"和综合治理，组织了声势较大的法制宣传活动。

同年 4 月，在全国第三次法制宣传工作会议上，龙岩市委、永定金砂乡党委、地区普法办副主任谢荣华、上杭白砂乡农民邱发元，受到了中宣部、司法部联合表彰。

11 月，地区召开的"一五"普法总结汇报会，标志着龙岩地区顺利完成"一五"普法教育的预定任务。

龙岩在"一五"普法教育过程中，获得了一些主要经验：

一是各级领导重视和带头学法用法是推动普法教育顺利开展的根本保证。

二是培训宣讲骨干、编发学习材料是搞好普法教育的基础。

三是坚持以面授和播放法制录像为主，同时举办广播、专栏、图片展览、文艺演出、法律知识竞赛等开展普法教育的好形式。

四是联系实际学法用法是普法教育取得社会效果的重要途径。

龙岩"一五"普法教育取得了一定的成效，广大干部群众，不同程度地学习了"十法一例"基本知识，增强了法律意识和法制观念，提高了遵纪守法、依法办事的自觉性，学会了运用法律武器维护自身的合法权益。

永定县金砂乡群众学习《宪法》后，自觉落实计划生育各项措施。

上杭县古田镇在《森林法》宣传月中，接到群众举报偷盗、滥伐林木案件30多起，清查出被盗、滥伐林木458立方米。

连城县上枧村农民，对照《土地管理法》，主动拆除违法占地搭盖的22个砖瓦窑，恢复耕地20余亩。

上杭县结合《婚姻法》普及教育，查出非法婚姻1000多例，其中663对补办结婚登记，246对解除非法同居关系。

普法的广泛开展，增强了人民群众的法制观念，使社会向和谐方向发展。

江油普法形式多样

遵照中央关于《在全体公民中用五年时间基本普及法律常识》的部署，四川省江油县委决定，从 1986 年起用 5 年时间分准备阶段、实施阶段、检查验收补课三个阶段，进行普及公民"十法一例"教育。

1985 年，建立县委、县人大、县政府领导，以及各有关部门参加的县普及法律常识领导小组，负责全县普法工作。

由县人大、县委宣传部、县委政法委牵头具体组织落实，并从有关部门抽调人员组成普法办公室，县普法办公室设县司法局内，罗现俊任主任，由办公室负责普法的日常工作。

县委、县政府各部、委、局、办，各大系统、各大口及县属企事业单位，区、镇、乡和各级学校，均确定了一名领导干部负责，建立了相应的领导小组，并选配一至两名具体办事人员，抓普法工作。

县司法局组织干警，认真学习贯彻中发（1985）23号文件、全国人大常委会《关于在公民中基本普及法律常识的决议》、川委发（1985）22 号文件和四川省人大常委会《关于在全省公民中普及法律常识的决议》，本着先城市后农村，先干部后群众，先领导后一般干部的顺序，有计划、有步骤地搞好普法工作。

根据不同单位不同对象的不同情况，采用不同的方式学好教材。

党政机关、学校、企事业单位的干部职工，以自学为主，并进行一些必要的辅导报告和集体讨论交流。

同时，根据各单位的实际情况，采取小集中的方式进行学习。

居民、农民由于文化程度关系，由干部、辅导员组织，按农民读本内容，边读边讲解和给予必要辅导，以便加深理解。

在校学生的普法教育，按上级教育部门部署，由学校领导、教师负责进行。

在学习读本的同时，充分发挥了"三站"，即广播站、文化站、法律服务站，"两会"，即调解委员会、治保会的作用，开展法律咨询、法律知识竞赛。

同时，利用幻灯、广播、文艺演唱、黑板报等多种形式，进行广泛的宣传。

各单位的党、政领导，都把普法教育列入议事日程，制订出本单位的普法计划、普法学习制度，检查考核，并与生产、工作统一安排，做到有分管领导和办事人员，使普法学习既扎扎实实，又形式多样，生动活泼，取得实效，达到要求。

考核的办法是一个法考核一次，年满45周岁以上的开卷考试，工人、农民中不识字的口试打分。

在县普法领导小组具体指导下，全县124个单位，组建了普法领导小组或办公室，共有专兼职干部248人。

此外，有关部门还积极组织，并发放各种法律常识读本11万多册，基本达到了开展单位的干部、职工人手一册。

在"一五"普法中，共举办各级普法培训班两期；组织省法律知识竞赛，县委、县人大、县政府等领导同志带头参加，县人大和县司法局得到了省上颁发的组织竞赛奖。

1986年，到各机关、学校、企事业单位，共上法制课113次，听众达两万余人次；出刊《法制宣教》小报三期，共印3万份，分别发至县级机关、区、镇、乡、学校、企事业单位。

为交流普法经验和贯彻普法领导小组会议精神，江油县全年共出版《法制简报》七期，印刷1050份，分别发送各单位。

通过大力的开展普法工作，遵纪守法就扎根在江油人民心中了。

永川区大力推动普法学习

重庆市永川区在"一五"普法期间，首先要求干部带头学法。

通过区委中心组学法、人大及政协常委会学法、区长学法日活动，以及各机关单位的政治业务学习等普法平台，邀请全国知名法学教授和专家，来永川区进行讲学。

永川区还坚持领导干部任前法制知识考试制度，对40周岁以内的领导干部，实行闭卷考试。

永川区严肃考纪，以考促学，有力地促进了干部职工学法的积极性。

领导干部通过学法，能够依法行政，民主决策，法治化管理水平显著提高。

永川区还推进村社院坝学法，在广大的农村，采取逐级承包的办法，层层落实法制宣传教育责任制，强化普法学法。

通过村务会、院坝会等形式，相关人员组织村民学习法律法规。在"一五"普法以来，共举办法制课6200多场次。

此外，永川区还抽调精兵强将，组成法制宣传讲师团，巡回授课90多堂次。

区级各部门、各行业，也通过商交会、送法下乡、图片解法等形式，开展法制宣传活动达 3000 余次，广大村民都不同程度地受到了普法教育。

永川区还加强学生校园学法，将中小学生法制教育，纳入全区普法规划和学校年度教学计划，确保"计划、教材、师资、课时"的落实。

永川区还在全区的政法机关，选派近 200 名副科以上干部担任各中小学法制副校长，并建立青少年维权岗。

同时，针对永川特殊区情，重点抓了 10 万职教学子的学法普法，通过法制征文、知识竞赛、模拟法庭等活动，对院校学生开展经常性的法制宣传教育。

永川区政法机关先后在永川中学、萱花中学、科创学院、城市职业学院等学校进行现场审判活动。广大师生深受教育，效果明显。

与此同时，永川区还通过企业主管机关和行业主管部门，组织企业经营管理人员，进行法律知识培训，并把企业经营管理人员，纳入年度干部职工法制理论考试范围。

同时，采取班组会、车间学习等形式，组织企业管理人员和工人学习法律法规。

自"一五"普法以来，全区开展企业人员培训班 95 期，参训 2.5 万多人次，收到了较好的效果。

永川区还在特殊时段，进行普法。司法、工商、国土、税务、计生等区级部门，坚持借每年的"三一五"

决策实施

"六二六""七一一""一二·四"等特定时机，大力开展法制宣传。

其中，每年的"一二·四"宪法宣传日，成了普法的重头戏。

全区"四大班子"，政法、行政30多个部门，以及驻永川区学校、企事业单位广泛参与，通过大型联谊活动、法制讲座、知识竞赛、文艺演出、街头法律咨询、"三下乡"等活动形式，在全区广泛掀起普法学法高潮，成为每年规模最大、参与人数最多、成效最显著的普法宣传活动，社会反响强烈。

二、 普法行动

● 李耀新说：基层政府工作人员并不完美，但是他们非常重要，因为他们是农村社会的"万金油"。

● 吴纪元说：每位普法工作者都要认真总结经验教训，深入开展调研，了解人民群众对普法工作的需求，找出普法工作存在的问题……

● 杨维州说：十年树木，百年树人，只要我们坚持下去，我觉得效果一定会有的。

大栅栏街道普法成效显著

北京宣武区大栅栏，位于天安门广场西南侧，属于市区商业、旅游业繁华的重点地区。

驻街中央、市、区、街属单位和个体工商户2000多家，社区居委会9个，大小街巷纵横114条。

作为新中国成立后基本上未进行过大规模改造的北京老旧街区，大栅栏形成了地界狭小、人口稠密、老旧房屋多、道路狭窄拥挤的特点。地区的城市管理任务，十分繁重。

然而，在中国历时20多年"全民普法工程"中，大栅栏街道连续获"一五"至"四五"4个五年法制宣传教育工作全国先进集体称号，成为全国唯一连续20年普法先进街道，和全国5000个街道中唯一的"四五"普法先进单位。

早在1979年，邓小平总结历史经验，高屋建瓴地指出"要讲法制，讲法制靠得住些"。

"一五"普法，是法制宣传教育"扫法盲"的启蒙时期。

按照中央和北京市的部署要求，大栅栏街道重点对象确定为一切有接受教育能力的公民，主要普及的内容是以《宪法》为核心的基本法律法规常识，唤醒干部和公民知法、守法的意识。

在 1986 至 1987 年，大栅栏街道以《中华人民共和国宪法》、《刑法》、《刑事诉讼法》、《民法通则》、《民事诉讼法》、《婚姻法》、《继承法》、《经济合同法》、《兵役法》和《北京市治安管理处罚条例》为基本内容，围绕城市管理，以市容卫生、市场秩序、交通安全、计划生育、财政税收为重点，开展了法律法规全民普及工作。

在两年间，建立了党政领导干部、机关一般干部、企事业管理人员三级学法日制度。

大栅栏街道采取辅导讲座、宣传橱窗、通讯报道、黑板报和组织参观、放映录像、举办法律知识竞赛及召开经验交流会等形式，有计划、有组织、有重点、多渠道、多层次地对广大机关干部、街属企事业职工、居民群众，广泛进行基本法律法规常识的普及，使广大人民群众法律意识明显增强，遵纪守法形成风气。

截至 1987 年年底，大栅栏街道基本法律法规普及率达到 98.32%，全街道"九法一条例"法律知识普及工作基本完成。

在全民普法的基础上，根据邓小平提出的"一手抓建设，一手抓法治"的依法治国论，按照用法律规范人们的行为、调整社会关系、促进社会稳定的思路，大栅栏街道率先提出"依法治街"的口号，深化法制教育、以治乱治难为重点，推动城市和市场管理工作。

1987 年 12 月，大栅栏街道被确定为宣武区依法治区试点单位。

1988 年，街道依法治街工作正式开始，成立了依法治街领导小组，制订了依法治街总体方案和第一阶段实施计划，着力解决严重影响市容市貌的难点问题。

1988 年 5 月，大栅栏街道向全地区人民发起"深化普法，依法治街"的倡议。

同年，街道拓宽和加深学法的内容，提高学法的针对性，采取学习"九法一条例"与学习部门法相结合，学习部门法与地区各项城市建设、城市管理工作相结合，常住人口和流动人口的宣传相结合，对 35 项法律、法规、规章进行了深入宣传学习，并在当时 33 个居委会中的 22 个，设立了法制宣传橱窗，在 12 个居委会建立了居民学法小组。

全民普法的深入进行，为实施依法治街，奠定了坚实的基础。

在改革开放、搞活经济初始，城市管理工作没跟上，曾使社会秩序发生混乱。

大栅栏街道在依法治街工作中，将法制教育与严格执法相结合，依照有关法规，解决地区性城市建设和管理工作中的问题。

在市场管理上，严厉打击无照商贩聚集城市、强买强卖、欺行霸市、哄抬物价的行为。集中清理整治了前门箭楼西侧无照经营自制低劣盒饭的违法行为。

本着整顿、疏导、提高相结合的原则，将该地区原有的快餐棚，更换为仿古式快餐亭，从而规范了市场，美化了市容，方便了人民生活。

在治安秩序方面，依法取缔台球赌博活动，清理整治书刊市场，打击倒卖烟草黑市，解决了华北楼饭庄前结伙偷摸抢夺、乞丐结帮威胁顾客要钱讨饭的"乞霸"等问题。

在市容治理方面，依法治理珠宝市场、个体服装一条街、廊坊二条个体饮食一条街；在税管方面，针对个体工商户偷漏税的现象，在1988年，将个体工商户编为34个纳税组，加强了经常性的法制教育，实行依法征管。

1990年，个体户纳税额比1986年增长119.6万元，增长率为257.8%。

经过"一五"普法工作，广大干部、职工和居民群众的法律意识、法制观念普遍增强；街道党政领导依法办事的自觉性有所提高；执法队伍整体执法水平和素质明显提高，"吃、拿、卡、要"滥用权力的现象基本消失。

社会秩序明显好转，几年中，未发生重大刑事案件、重大火灾和重大治安案件。

市容环境卫生也上了一个新的台阶，在1988年的29次市、区各类检查中，大栅栏街道都获得了较好的成绩。

市场秩序稳定，私设的摊点被取缔，重点地区市场秩序进一步改善。

1988年，大栅栏街道办事处，被评为"北京市综合治理先进单位"。

1989年3月，中共中央宣传部、国家司法部，授予大栅栏街道"全国普法先进集体"称号。

大栅栏街道"一五"普法实践，组织工作落实、具体措施夯实、培训内容充实、普法成果丰实，为第二个五年法制宣传教育奠定了坚实的基础。

义务普法夫妻行万里路

熊为义、闫怀玲，是江苏省邳州市的一对普法夫妻。在全国"一五"普法宣传活动开始时，夫妻俩就携手走上了义务普法之路，义务宣传法律知识，被群众誉为"普法鸳鸯"。

那一年，能写善画的熊为义，被八义集镇政府看中，安排他在计生办做专业美工。

工作仅两个月，他就与相处 3 年的恋人闫怀玲结为伉俪，可谓双喜临门。

1985 年，全国"一五"普法开始了。熊为义因能写会画，常常被各单位请去写标语、刷墙字、出橱窗。

工资虽然不高，但熊为义觉得日子充实了。可是，没想到，一次偶然的经历，改变了熊为义的人生道路。

那是在 1985 年 3 月的一天下午，熊为义像往常一样，哼着小曲回家。

突然，一阵刺耳的警笛声，由远而近，两辆警车从熊为义身旁呼啸而过。

经过询问才知道，本村的二黑子，因为争地边子，把邻居四叔的腿给打断了。二黑子是熊为义的好朋友，平时老实巴交的。

熊为义站在路边，望着尘土中远去的警车直发愣。

他想：二黑子真糊涂啊！村有调委会，镇有司法所，你要是能找他们说一说，诉一诉，怎会弄到这种地步。

这一夜，熊为义在床上翻来覆去，睡不着。这一夜，一个大胆的计划在熊为义脑中形成：发挥自己能写会画的特长，制作宣传画板，义务普法，让父老乡亲知法懂法，不再做傻事。

第二天早晨，熊为义早早地来到镇政府，向领导谈了自己的想法。

领导拍着熊为义的肩膀，高兴地说："小伙子，这个想法好啊，镇党委、政府支持你。"

熊为义虽然少言寡语，但是他是个急性子的人。熊为义知道镇里经费紧张，于是就打起了昨天妻子卖猪款的主意。

熊为义回到家后，就问起卖猪钱。闫怀玲喜滋滋地告诉丈夫，钱已交给娘家哥买自行车了。

一听这话，可把熊为义急坏了。熊为义连夜赶到15公里外的岳父家，设法把钱"骗"了回来。

第二天，熊为义买来纸张、笔墨和纤维板，请来木匠，借派出所一间闲置的空屋，就干了起来。

妻子辛苦8个月养猪，换来的150元钱，一转眼，变成了熊为义的普法宣传经费。

不几天，第一期法制宣传图板问世了。熊为义借来老岳父家唯一值钱的家产平板车，利用工作之余，拉着画板在各村展出。

可是，熊为义心里没高兴几天，木匠上门来要手工费。没办法，熊为义只好向妻子"坦白交代"。

闫怀玲和熊为义结婚近一年来，从未红过脸。可是，这次，闫怀玲气得躺在床上直流泪，任凭熊为义怎么劝解，她就是不消气。

这时，邻居二大娘一大早，便风风火火地跑来，进门便喊："怀玲，怀玲！快出来听听，广播里正说为义的事呢！"

闫怀玲一听，赶忙翻身起床，来到院子里。她还以为熊为义在外面惹出什么事了呢，不然，广播里怎么能提起他呢？

原来，广播里正播送熊为义搞义务普法的事情。不一会儿，父老乡亲都来到熊为义家的院子里。

几位老长辈连声夸为义这孩子有出息，干得好。当时，在苏北农家还未普及电视，在农民心目中，有线广播是最具权威的新闻机构，在广播里受到表扬，就是最大的荣誉。

一天没见笑脸的闫怀玲，此时长吁了一口气，她欣慰地笑了。

熊为义普法之路在一开始，就受到了社会各界的普遍关注。不少报刊都先后报道了他的事迹。

可一些同事有看法了：工资不少领，又在外面搞普法，尽出风头。

为此，单位的领导曾找熊文义，做了一次深谈。熊文义是个朴实的农家汉子，经过思量后，他决定辞去公职，专心搞义务普法，追寻自己的人生目标。

邳州市安全设施厂闻讯后，厂长三番五次地登门，以优厚的待遇，请熊为义进厂搞美工设计。熊为义都婉言谢绝了。

此时，熊为义只认准普法一条路，坚持走下去，绝不回头。

白天，熊为义拉起平板车，到厂矿、学校、农村展览，农活丢给了怀孕的妻子。

夜深人静后，熊为义仍刻苦自学法律知识，用他自己的话说："打铁先要自身硬。"

熊为义凭着一身正气和满腔热情，赢得了广大村民的尊重和信赖。

而妻子闫怀玲，也从丈夫身上发现了可贵之处。长期的义务普法，她耳濡目染，由反对到默许，由理解到支持，最终拉起平板车，主动地参与到丈夫所投身的事业之中。

多年来，这对普普通通的农民夫妇，在农闲时节，总要早早地起来做饭，像赶早市的生意人一样，将宣传板一块块地放好、捆牢，还要带上防雨工具和中午的干粮，赶到事先安排好的地点。

熊为义根据《婚姻法》《刑法》《土地管理法》《计划生育条例》等法律法规，搜集了许多真实案例，先后编绘制作了图文并茂的宣传画板。

如"早婚害处多""吃饭不给钱，饭后吃官司""一个鸡蛋两条人命"等，再配上生动的讲解，给农民以强烈的心灵震撼。

中午，周围的村落炊烟袅袅，饭菜飘香，夫妻俩却取出煎饼、咸菜，打开水瓶，草草地打发一顿。一直忙到夕阳西下，他们才托着疲惫的身子往家赶。

熊为义能给妻子最大的照顾，就是在道宽路平时，让妻子坐在平板车上，歇一歇脚。

不久，闫怀玲生下一对双胞胎。孩子的降生给这个普通农家带来了天伦之乐，也带来不少难题。

外出宣传，得把两个孩子带上，闫怀玲怕摔着孩子，干脆把他们用绳子捆在车上。

困了、饿了、热了、冷了，孩子们忍不住会号啕大哭，急得夫妻俩团团转。

熊为义、闫怀玲的家境，本不应这样贫寒，他们俩能干，肯吃苦，家住街头，凭他们的勤劳、节俭和智慧、才能，过上个小康生活大有希望。

可是，自从走上义务普法这条路，夫妻俩将种地的微薄收入，全部投入到义务普法中不说，闫怀玲每年还到建筑工地帮人拉砖、运泥出苦力，把挣来的钱交到丈夫的手中，统一使用。

熊为义、闫怀玲一家老小，挤在 3 间低矮的土屋里，家中唯一的高档电器，就是一台破旧的黑白电视机，这还是熊为义帮人搞宣传时赊销的。

可是，熊为义夫妻俩硬是咬紧牙关，闯过一道道难关。"两金一费"照缴，村里唯一能照顾他们的就是水利工程不出工。

就这样，熊为义、闫怀玲夫妇默默奉献了 20 多个年头，展览 200 多期，行程 10 万余里，教育群众 150 万人次，接待咨询 232 人次，参与非诉讼代理 30 件。

1995 年年初，时任司法部部长的肖扬，从媒体上了解到熊为义夫妇的普法后，亲自作出批示，要大力宣传表彰熊为义夫妇的先进事迹。

熊为义夫妇用自己的实际行动，谱写了一首义务普法的英雄赞歌。

勤学苦练提高业务素质

1980 年 6 月，山东省梁山县司法局，正式成立并挂牌办公。

在建局之初，政府腾出两间平房，司法局工作人员就算是有了办公的地方。10 多个同志就挤在一起，开始了工作。

为了具备最基本的办公条件，司法局党组一班人，努力争取了部分建设资金，于 1986 年 10 月，在金城路以南征地，建设了办公用房 20 间。

梁山县司法局，设办公室、宣传股、调解股、公证处、法律顾问处。每个乡镇还设立一名司法助理员。

全局 10 多名同志，挤在两间平房内办公，业务相对也比较单纯一些。

但是，随着改革开放的发展，县司法局的业务和人员，发生了重大的变化。

机构的健全和干警队伍的壮大，为司法行政事业的迅猛发展，插上了腾飞的翅膀。

为了打造一支一流的司法行政队伍，梁山县司法局始终把思想教育放在首位，通过各项政治教育活动的开展，全体干警树立了正确的人生观和价值观，构筑了全心全意为人民服务的宗旨。

与此同时，全体工作人员提高了自力更生、艰苦奋斗、恪尽职守，做好本职工作的自觉性。

为了适应新形势的需要，无论从事公证工作的公证员，还是从事法律服务的律师和法律服务工作者，他们硬是靠一个"勤学"、一个"苦练"，全面提升了自身的业务素质。

通过学习，先后有 5 名同志考取了公证员资格，30 名同志考取了律师资格，23 名同志考取了基层法律服务工作者资格。

全体司法行政干警的知识结构和素质水平，都有了很大的提高，为司法行政业务工作的开展，提供了智力保障。

1982 年，为配合"两打"，即严厉打击经济犯罪和重大刑事犯罪斗争的深入开展，县司法局在县电影院和新华书店前，设置了两处大型的法制宣传栏，每周更换一次内容。

法制宣传栏向老百姓重点宣传《刑法》《婚姻法》《民事诉讼法》《治安管理处罚条例》等重要法律法规，以及梁山县"两打"斗争的成果，使广大干部群众的法律观念和法律意识均有所提高。

从 1986 年 1 月起，梁山县司法局在全县范围内，广泛开展实施第一个全民普法五年规划。

重点宣传普及"十法一条例"，即《宪法》《刑法》《刑事诉讼法》《民法通则》《民事诉讼法》《婚姻法》

《继承法》《经济合同法》《兵役法》《民族区域自治法》和《治安管理处罚条例》。

"一五"普法的范围，主要是工人、农民、知识分子、干部、学生、军人及其他劳动者，以及城镇居民中一切有接受教育能力的公民。

"一五"普法历时 5 年，到 1990 年结束。梁山县司法局，通过坚持不懈的努力，较好地完成了全民法制观念的启蒙教育。

普法填补法律知识空白

20 世纪 80 年代初，在云南省楚雄市曾发生过这样一件事：楚雄市东瓜区龙河乡何家队的一个队长，由于缺乏森林保护的法制观念，不经批准，竟然擅自与 19 户人家，上山乱砍滥伐，将一片 40 亩左右的森林，夷为平地。

案发后，公安人员在处置他时，他却说："这是我们的村务事，你们管不着。"

1985 年 6 月 9 日，时任楚雄市司法局局长的贺国龙，在全市法制宣传教育工作会议上，谈到这一案例时，贺国龙十分痛心地说："这是一起因不懂法而犯罪的典型案件。"

由此可见，在全民范围内开展普及法律常识工作，是一项多么艰巨的事业。

"一五"普法，是楚雄市第一次大规模的法律常识普及工作。普法对象以 7 岁以上、60 岁以下，除智障、残疾外的公民为对象。

全市党政机关、企事业及乡镇等，进行"九法一条例"的学习。

各部门、企业、学校等单位，根据自身的实际情况，增设一些相关法律法规的普及教育。

在广大基层农村，实行普法办包乡，乡包村公所，村公所、办事处包村委会，村委会包户长，户长包自家普法对象的普法教育责任制，坚持农忙少学，农闲、节日多学的原则，利用黑板报、墙报等进行学习。

到 1989 年 12 月，"一五"普法顺利验收，普法教育取得了明显效果。

在这一时期，楚雄市政府第一次有了法律顾问，各级法院的诉讼案件开始逐步增加。

这些迹象表明，作为维护社会公平与正义的工具法律，已经为全市广大市民所认识，并开始具有了初步的维权意识。

"一五"普法，初步完成了全民族的法律启蒙教育，广大群众初步填补了法律知识的空白，广大干部逐步树立了依法办事的观念，同时也促进了各项事业的依法管理。

芗城区结合实际依法治区

1986 年年初，"一五"普法正式启动，福建省漳州市芗城区成立了普法专门领导机构和办事机构，在全体公民中进行以《宪法》为核心的法制宣传。

经过一年多的努力，区直单位广泛开展普法活动，有的单位结合业务实际，增加了专门的普法内容。

1986 年至 1990 年，芗城乡各单位采取各种行之有效的形式，相继普及了《宪法》《刑法》《刑事诉讼法》《民事诉讼法》《经济合同法》《森林法》《民法通则》《兵役法》《婚姻法》《继承法》《治安管理处罚条例》等法律、法规，公民受教育面达 95.3%。

农村受普法教育占农村总户数的 76%，村民普及率达 80% 以上。在普法活动中，各单位结合典型案例，有针对性地进行以案释法的教育。

公民的法律意识和法制观念明显增强，开始出现学法、守法，依法办事的好风气。为此，芗城区被评为省社会治安综合治理"一五"规划先进区。

依法行政，是贯彻依法治国基本方略，建设社会主义法治国家的重要组成部分。在"一五"普法期间，由于普法教育的广泛深入开展，极大提高了公民学法守法用法的自觉性，增强了公民法制观念。

在此基础上，根据上级的部署，1986 年、1987 年，区委、区人大采取统一领导、单位自查、执法部门重点抽查的办法，组织几次较大规模的执法大检查，以巩固普法教育的成果。

两个年度组织各有关部门，对《税收征管法》《经济合同法》《中华人民共和国城市规划法》《中华人民共和国土地管理法》《婚姻法》《继承法》和审计、物价、卫生部门等相关法律法规的大检查，收到理论和实际相结合的效果。

1988 年，区委制订并实施依法治区三年规划，贯彻治理整顿，深化改革的方针，认真开展治理整顿，经济部门完成对 78 家公司的清理整顿任务；党政机关经商办企业和党政机关干部在企业兼职全部清理脱钩；辖区流通领域趋于正常，各种乱收费、乱罚款、乱摊派的现象初步得到纠正；财政、税务、物价部门每年均开展财税物价大检查，严格实施辖区的控价工程，使物价控制在适当的范围内。

1989 年，区委、区政府把勤政廉政，为民办实事，密切党政干群关系作为改革开放兴衰成败的大事来抓，区委、区政府先后颁发了《关于加强行政机关和事业单位廉政建设的工作意见》、《关于全区副科级以上干部清正廉洁的若干规定》和《关于加强廉政建设纠正行业不正之风的工作意见》等文件，坚持以思想教育为中心环节，全面加强廉政建设，纠正行业不正之风。

同时，在辖区各行政执法单位广泛组织学习执行《行政诉讼法》，增强行政机关依法行政的自觉性。《地方组织法》和《行政诉讼法》是地方各级人民政府及其职能部门和授权行使行政管理权的组织的行为规范，区政府的各部门一方面从维护宪法和法律的尊严，维护国家根本政治制度和人民当家做主的民主权利的高度认识并认真执行《行政诉讼法》和各部门相关的法律法规，严肃履行法定职责，消除工作上的随意性和主观性，做到依法行政、依法管理各项事务。

另外，开始加强制度建设和监督机制的建立。各行政执法单位结合新情况、新问题，不断完善各项廉政制度和内部制约机制，规范行政人员的行为。

公正司法是依法治理的奠基石，是维护法律尊严的重要保证。司法机关担负着严厉打击各种刑事犯罪和经济犯罪，依法调节经济与社会关系，维护公民、法人和其他组织的合法权益，维护社会主义市场经济秩序，维护国家安全和社会稳定的重大责任。公正与效率是司法的"生命线"，实现公正与高效，需要高素质的公安、检察和审判队伍，更需要各项制度的建设。

自"一五"普法正式启动以来，辖区的公安机关在区委、区政府的领导下，统一行动、集中打击，始终把"严打"斗争作为中心工作来抓，保持对刑事犯罪分子严厉打击的高压态势。根据不同时期的社会状况相继开展了各种专项斗争，先后多次参加全国性的严打，集中统一行动，组织"打流窜、挖团伙、破大案、追逃犯"，反盗窃、反盗车、反走私、扫黄除"六害"、"打非"、"禁毒"、反"车匪路霸"等各种专项斗争，从"严、快、深、实"上下功夫，及时有力地打击各类严重的刑事犯罪活动，使社会秩序和社会治安明显好转，人民群众的安全感不断增强。

1988年后，区、乡镇、街道相继成立社会治安综合治理委员会（简称综治委）及其办公室，协调社会各方面力量积极参与社会治安的综合治理，制定并落实各项综治措施，提高社会防范能力。

公安机关加强基层派出所的力量，在辖区村（居）委会建立健全治保会和调解会，设立调解信息员和护林队，推行治安联防责任制，力求发挥第一线的防范作用，在基层及时化解社会矛盾。

总结推广"漳州110"的经验，把110快速反应延伸到乡镇派出所，移植到各行各业，建立110社会服务联动机制。

在城市街道建立治安联防委员会，建立治安巡逻网络，广泛建立安全文明小区，使城市小区基本达到"发案少、秩序好、群众满意"的目标。

为了确保依法行政和公正司法，监督机制的健全尤为重要。保证宪法和法律在行政区域内的贯彻实施，是区人大常委会的一项重要职责。

区首届人大常委会开展对有关单位执行《食品卫生

法》《经济合同法》《义务教育法》《文物保护法》《土地管理法》《省扫盲工作条例》等法律法规情况进行检查监督；全面地视察检查了市、区所属单位的工业、交通、财贸、农业、水利、城建、环保、文教、卫生、政法、街道、侨务等 367 个点。

特别是对区教育局关于贯彻实施《福建省扫除文盲暂行条例》的工作和贯彻《义务教育法》的情况调查与规划意见，督促区政府和教育有关部门把此工作列为重要工作来抓，使辖区按期实现基本扫除文盲和普及九年义务教育任务。

同时，对司法机关的执法情况进行严格的检查监督，除了听取和审议工作报告外，还按照《刑事诉讼法》和《严格控制收审人员羁押期限》的规定，由人大法制委员会通过协调督促司法机关认真清理，依法加以纠正，两年多共解决有争议和疑难的积案 14 件，依法保护当事人的合法权益。

区二届人大常委会于 1988 年 6 月 28 日作出《关于实施依法治区的决议》。三年中听取和审议有关部门 8 项法律法规执行情况的汇报，以自查、互查、抽查的方法，多次开展了对有关单位执行《刑法》《民法》《刑事诉讼法》《治安管理处罚条例》《福建省保护妇女儿童合法权益若干规定》《民事诉讼法》《会计法》《审计条例》《水法》《土地管理法》《食品卫生法》《义务教育法》《省计划生育条例》《省扫盲暂行条例》等法律法规执行情况的检查以及执行"三胞"政策、侨房政策、扫黄打丑、廉政建设方面的检查与视察，督促有关单位总结执法经验，针对存在的问题及时采取措施。

同时，把廉政建设和惩治腐败引入依法监督的一项主要内容，定期听取"一府二院"和有关执法部门关于反贪污贿赂斗争的汇报，督促、批办有关部门查处重大违纪违法案件。

推进基层民主建设是进行普法教育、依法治区的一个重要内容。在农村，自 1986 年以来，按照全面落实"四个民主"制度的要求在基层中大力开展依法治理活动，让群众当家做主。

一是实行民主选举。全区 85 个行政村全部实行民主选举。二是实行民主决策。全区 80% 以上村建立村民代表议事制度。三是实行民主管理。通过村民会议制度，对已经制定的村规民约进行完善修订，坚决废除有悖于法律的"土政策"。四是接受民主监督。村民代表定期评议两委成员工作，如果多数村民代表认为不称职的，启动法律程序进行罢免或调整。

通过推进基层民主建设，使法律宣传普及工作得到进一步发展，社会更加和谐稳定。

鲤城区广泛开展普法活动

　　根据司法部、中宣部提出的要求，福建省泉州市鲤城区，在 1986 年开始的第一个五年普法规划中，把宪法的学习作为普法工作的核心，成为法制教育的经常性工作。

　　1987 年 3 月，鲤城区开展了"宪法再教育活动月"。为此，区司法局与区委宣传部，在同年的 2 月下旬，先期举办了《宪法》宣传骨干培训班，培训了来自基层的130 名宣传干部，翻印了《一切统一于宪法》读本及辅导材料 6 万多份。

　　在活动月期间，全区设立 46 个广播点，并出动宣传车每天进行巡回广播，还举办挂图巡回展览及录像巡回播映。

　　与此同时，各基层单位，也组织了形式多样的学习宪法活动。

　　为保证活动的顺利进行，区人大常委会组织了检查团深入基层督导、检查。

　　在 1983 至 1986 年的第一次"严打"活动阶段，市司法局印发了"严打"宣传提纲、政法等部门的联合通告两万多份。

　　此外，还配合逮捕、宣判、执行大会，编印案例 12

批 3600 份；录制广播材料 200 多盒；出版宣传栏 112 期；出动宣传车 136 辆次，受教育人数达 20 多万人次。宣传工作有力地促进了严打工作的顺利进行。

在"一五"普法开始后，市司法局即着手重点开展校园法制教育。

在区教育局的配合下，全区 171 所中小学，开展了形式多样的学法活动。各中小学都把普法教育，纳入教学计划中。各单位还结合普法教育，开展帮教失足青少年活动。

1987 年 7 月，区司法局、教育局，联合制定了鲤城区中小学校教育的主要内容，把法制教育同道德品质、理想教育紧密地结合起来，使学生在学习文化科学知识，接受思想教育的同时，掌握相应的法律基础知识，初步形成法制观念。

同时，规划还就中小学 1987 至 1990 年各阶段的任务，作出了明确的规定。

1990 年 6 月，区司法局同市、区教育局和市交警支队，联合举办了中小学交通、治安管理条例普及教育活动。

各中小学生普遍进行了两个条例的宣传、学习活动，还举办了三场大型的法律知识竞赛。

1986 年 3 月，鲤城区司法局制订了《关于向全体公民普及法律常识的五年规划》，并经鲤城区首届人大第二次会议审议通过。

5月，鲤城区普法领导组成立，下设普法办公室，由区司法局宣传科负责全区普法的日常工作。

6月，区直各系统，各乡、镇、场办事处相继成立了普法领导组，其大部分领导组组长，由单位主要领导亲自担任。

各基层单位根据要求，结合本单位的实际情况，制订了本单位的普法实施计划。

11月，区司法局、普法领导组和人大常委会，联合组成检查组，检查了46个基层单位普法工作情况，并总结了临江办事处、浮桥镇、商业系统、振兴小学等单位的先进经验，同时组织观摩了浮桥镇机关干部带头学法，开展学法用法的竞赛活动。

1987年1月1日，《民法通则》《土地管理法》和《治安管理处罚条例》开始实施。

区司法局举办了以上三法的宣传周活动，还与电影公司联合举办了法制电影周，放映法制教育内容的影片7部，计播映349场。

1987年10月中旬，区普法办召开普法宣传员座谈会，交流了基层两年来普法工作情况，总结经验，探讨解决存在问题的途径和方法。

同时，根据普法工作实际情况，对1988年至1990年的工作计划进行修改。

1988年上半年，在机关、企事业单位干部，按计划完成"十法一例"学习的基础上，各单位进一步选学与本行业工作密切相关的法律法规。

下半年，普法工作转移到农村、街道。1988 年的七八月份，区司法局两次召开各基层单位普法工作负责人及司法助理员会议，传达全国农村普法工作会议精神。

针对村、居民"居住分散集中难，文化偏低难，师资不足、分配难，人、财不足照顾难"的突出问题，普法工作采取"深入一线，广泛试点，因地制宜，重在实用"的工作方针，灵活地采用各种行之有效的方法，边干边总结，及时推广经验，带动面上工作。

为保证农村普法工作的顺利开展，各乡镇集中财力，普及电化教育。12 个乡镇都拥有一套完整的法制教育录像和播放设备。各单位拨出专款，购置宣传材料。

普法宣传员利用农闲机会或晚上休息时间，见缝插针，深入村民点，播放法制录像，进行广播宣传和讲授法律知识。

1988 年 6 月，鲤城区在临江街道办事处，召开普法工作现场观摩经验交流会。8 月，区司法局组织基层单位普法人员，到漳州芗城区、东山县参观取经。

8 月下旬，区普法办制定了鲤城区普法工作具体的考核、验收意见，由区委、区政府批转各单位执行。

根据各单位普法进度及特点，区司法局确定以商业系统、浮桥镇及临江街道办事处，作为三种类型的验收试点。

10 月，上述 3 个单位全面考核验收合格。

1990 年是鲤城区"一五"普法的最后一年。普法工作在集中力量帮后进，做好扫尾工作后进行了全面总结。

在完成"一五"普法后期工作的同时，区司法局配合有关部门的活动和新法律法规的颁布，开展法制宣传工作。

1990 年 4 月，与区妇联、民政局联合举办了《婚姻法》颁布 10 周年庆祝及法律咨询活动。

在同年的五六月，举办《集会游行示威法》宣传周活动。

6 月，区司法局组织机关干部参加省《行政诉讼法》函授培训，参训人数达 437 名。

9 月下旬，区政府召开了有 28 个单位参加的座谈会。鲤中、临江等办事处也组织了 10 多场学习、讨论、座谈会。宣传工作为《行政诉讼法》的实施，创造了良好的条件。

"一五"普法，让更多的群众了解法律，并学会用法律维护自己的权益。

司法助理员土办法普法

在多年前，李耀新是一名农村司法助理员，是中国最基层的普法工作者。那时，李耀新的工作重点就是下乡普及"九法一例"。

李耀新是七七届高中毕业生，在国家落实政策后，李耀新接替父亲的班，进了乡政府，职位是司法助理员。因此，李耀新成为了乡政府吃财政饭的 7 个人之一。

在当时，李耀新的学历、工作，是让众人羡慕的。可是，李耀新却将自己的司法助理员工作，定位为"一辆单车、一张嘴"。

农村司法助理员的首要工作，就是进行司法调解。在中国"厌讼"传统下的农村地区，对于"法律武器"的认识，在当时还是十分欠缺的。但是，家长里短的那些矛盾，仍需要法律的调节。

农村司法助理员，将法律带到了农户中去，一家一户地开展自己的调解工作，"全在一张嘴"。

1986 年 4 月 12 日，《民法通则》获得通过，中国民事领域的第一部基础性法律诞生了。

为了配合《民法通则》于 1987 年 1 月 1 日正式实施，国家司法系统的"一五"普法工程同时启动。

普法，则成为李耀新当时的工作重点之一。

作为乡政府唯一的司法助理员，李耀新并没有先例可循。于是，李耀新用起了自己的土办法，即走乡串户、案例教学。

在农村这样的封闭社区，家庭矛盾虽然常常很尖锐，但是都在于一家、一村。

于是，李耀新就骑着一辆自行车，以村为单位，"各个击破"，进行耐心调解。

李耀新在熟悉各项法律的基础上，把现实案例整理出来，并用通俗语言，把它理顺，"绝对不用官话"，到农户去摆例子、作比较。

李耀新就是通过这样的办法，来传达那些深刻的法律知识。

"一五"普法的力度之大，让李耀新在多年后，仍然记忆犹新。

李耀新回忆说："上面领导每两月就搞个'运动'，让我们加强普法宣传的力度。"

李耀新到本乡下辖的各个自然村去办法制黑板报，到集会上散发法律知识传单和小册子，还曾一年粉刷了300条普法大标语。

李耀新说："这样的办法主要是要'造势'，形成一个热烈的舆论氛围，让每个人都对法律先有个印象。"

后来，李耀新被提升为县司法局的副局长。他认为，当时这样的"运动"，对于普法，是有它独到的作用。

李耀新说，使人人来谈论法律，这是普法最佳的效果。

但是，普法要达到最佳效果，必须让老百姓感受到法律与他的切身利益密切相关。

为此，"一五"普法很快就将目标由最初的"千法一律"，调整到"九法一例"，李耀新的普法工作以《民法通则》《婚姻法》《继承法》《刑法》为主。

其中，以《民法通则》为普法重心。李耀新说："这是因为老百姓每天都要遇到它。"

中国法治建设的直接结果，就是法律体系的日益完善。在基层工作了 20 年的李耀新，对此感受最为强烈。李耀新说：

> 法律大量增加后，普法超过司法调解，成为首要工作内容。
>
> 同时，大量法律涉及政府不同职能部门，农村司法助理员需要调动一支"多国部队"。

李耀新的第一支力量，就是各村的治保主任。中国农村基层组织，随着选举的普及，日益完善，治保主任成为常设职位，也成为普法的主要依靠对象。

同时，乡政府里的民政助理员、林业员、行政秘书以及村里的志愿人员，都成为李耀新联合起来的"普法工作者"。

李耀新说：

　　基层政府工作人员并不完美，但是他们非常重要，因为他们是农村社会的"万金油"。

　　正因为有了像李耀新这样最基层的普法工作者，才让生活在偏远地区的农民感受到法律对维护自身权益的意义。

张平矢志不渝宣传法制

在黑龙江省齐齐哈尔市的克东县，只要一提起张平，许多人都会为他那高超的书画才能和表演才能而深深地折服，为他多年来义务普法，创办宣传站的义举而感到由衷的钦佩。

张平在克东县评剧团退休后，怀着对党的赤诚之心，在1985年，自费办起了义务宣传站。

宣传站配合党的中心工作，通过广播和画廊，进行党的路线、方针政策、思想道德、法律法规和党风廉政建设方面的义务宣传教育活动。

尤其是对法制的宣传教育，从"一五"普法以来，张平就从未间断过宣传。

张平对《民法通则》《婚姻法》《继承法》《消费者权益保护法》《治安管理处罚法》《刑法》《预防未成年人犯罪法》《义务教育法》《青少年权益保护法》《道路交通安全法》等进行宣传。

张平还自费制作宣传板30块，绘画板面150期；画漫画、宣传画200余幅，撰写稿件10余万字。

同时，他的法制宣传做到广播年年响，专栏月月换，使思想道德教育和法制宣传教育家喻户晓，人人皆知。

张平的宣传活动生动活泼，他通过标语、漫画、条幅、广播、诗歌、文艺节目等多种形式，把宣传站办得红红火火。

每当人们路过宣传站门前时，总会情不自禁地驻足收听观看。

张平还自费办起了爱国主义和法制教育展览，许多中小学生都参观过展览。

不仅如此，张平还深入部队和学校，进行流动展出，此举使受教育人数达到2.5万人次，他个人耗资达2.4万元，受到了群众的好评。

金仁善精心备课为普法

"老普法"金仁善多年如一日，热心地进行普法工作，让人们知法、懂法、守法。

金仁善原来是浙江省乐清市广播电视局的一名助理工程师。由于工作的需要，金仁善被抽调到普法办公室工作。

当时，对于法律知识，金仁善是个门外汉。为使自己成为一名称职的法制教员，金仁善一边"拜师学艺"，虚心向懂法律知识的老普法人员请教，一边剪辑报刊杂志，从中学习有关法律知识，了解有关案例。

金仁善将剪下来的报纸，分门别类地贴在白纸上，装订成册。

功夫不负有心人，很快，金仁善就进入了角色，成为一名站到讲台可以讲四五个小时而不停歇的普法教员。

从"一五"到"四五"普法，金仁善剪过的报纸不下 20 种，汇集成册的法律案例资料多达 25 本。

作为一名教员，金仁善从不打无准备之仗，他备起课来认真且细致。

同一个主题，金仁善至少准备四五份教案；同一群对象绝不重复内容；为说明一个问题，金仁善常常举出五六个案例加以阐述。

在教学过程中，金仁善特别注意因材施教。对待小学生、初中生，以故事性的案例为主，这样既能激发他们的兴趣又使他们能够接受。

对待高中生和机关单位的同志，金仁善在案例的基础上，穿插问题，启发大家共同参与讨论，加深理解。

如果是农村的老人、妇女、民工，讲有关权益保障问题。金仁善还下基层，进行抽样调查，供备课之用。

别看金仁善身材单薄，但是一站到讲台上，他却有用不完的精力，一堂课讲上三四个小时，他也不觉得累。

有时候，刚上完柳市的课，金仁善就匆匆上车，赶往虹桥、雁荡。有时晚上，甚至上课到 22 时。

乐清市 31 个乡镇，都留下了金仁善普法的足迹。光是乐清市最偏远的福溪，金仁善就去过好几趟。

金仁善工作勤勉，乐此不疲。

金仁善说：

> 我很满意现在的生活，有饭吃、有书读、有书教，不羡慕人家钱多位高。

金仁善就是抱着这样的平常心，平平常常地谱写着自己的普法之歌。

峡山司法所认真执法普法

1981 年，洪生明在部队服役 17 年之后，转业到了广东省潮阳市峡山镇，当了一名司法助理员。

从此，洪生明便与司法工作结下了不解之缘。当时，整个司法所就洪生明一个工作人员。

通过 10 多年的艰苦创业，峡山镇才逐步发展成为拥有 9 名成员的司法办公室、法律服务所。

而洪生明也从当初的一个普通司法助理员，成长为一名优秀的司法干部，被任命为峡山镇司法办公室、法律事务所的主任。

洪生明领导的这个集体，多次被省、市、县评为先进集体。

在 1993 年和 1994 年，潮阳市和峡山镇的人大代表组成的评议团对峡山镇司法办公室进行评议时，代表们一致认为：

> 峡山镇司法办公室，是群众信得过的先进单位，洪生明同志是全心全意为人民服务的好带头人。

洪生明本人曾多次被镇机关评为优秀党员和县、市优秀党员，10 次被县、市评为司法行政先进工作者。

在 1985 年，洪生明被县政府记功一次，同年还荣获省司法厅防激化个人二等奖。

洪生明领导的峡山司法所，所担负的调解工作是十分繁重而艰巨的。

峡山地处广汕公路旁，人口 10 多万，村庄居委会几十个，是一个人口密集、经济活跃、社会治安情况错综复杂的大镇。

随着市场经济的繁荣和发展，民事纠纷也在不断增加，并从内容到形式，都出现许多新的特点。如数量由少到多，范围由窄到广，性质由单一到多元，后果由一般到严重。

而这些特点，已发展成为社会不安定的重要因素，同时也使司法所工作的难度变得越来越大。

面对严峻的现实，洪生明不止一次地陷入沉思：如何才能使以防激化矛盾为重点的人民调解工作，在基层得到落实，并取得成效呢？

洪生明首先想到了当地党政组织。在峡山镇委、镇政府领导支持下，洪生明果断地采取了一系列措施，如强化调解网络，转变司法作风，提高工作效率，并逐步完善自身机构。

有了这些前提，洪生明又把法制宣传教育，作为一项长期的工作来抓。

从全市开展"一五"普法开始，洪生明和司法所的同志们，就都全身心地投入到这场法制宣传的工作当中去。

司法所的同志们除了注意建立健全普法机构，完善普法网络外，还运用多种形式，开展普法宣传，并做到年初有计划，季度有安排，学习有资料，年终有检查，有评比，有总结。

在平时的民事调解或法律服务中，工作人员又能做到不失时机地与法制宣传教育紧密地结合起来，从而取得了良好的效果。

1990年10月，练南村刘贞亮等14名青少年，其中6名是在校学生，秘密成立了"兄弟队"非法团伙。

他们经常在本村、邻村和学校，滋事生非。一时间，使得家长叫苦、老师担心、学生害怕。

洪生明在得知这一情况后，便立即赶赴该村，与村干部和学校领导密切配合，先召开家长会议，并布置一整套帮教方法和措施。

与此同时，洪生明还亲自找到刘贞亮等主要"骨干"，逐个地与他们谈心，动之以情，晓之以理。

在刘贞亮他们有所悔悟的情况下，洪生明再集中该团伙所有成员，办班学习有关法律法规。

就这样，经过反复耐心细致的教育开导，终于使这14名迷途的少年，彻底地醒悟过来。随后，这些少年自觉解散，交出各种斗殴的凶器。

从此，这10多个少年走上了遵纪守法、勤学向上的正道。

1990 年的端午节，管理区内的两个自然村，由于建楼房引起群众纠纷，双方各聚集几百名村民，手持凶器殴斗。

当天，洪生明恰巧患了急性肠炎，连续腹泻，浑身无力。然而，案情就是命令。

当洪生明忍着病痛，带领司法办的同志们赶到现场时，只见双方的矛盾正在激化，砖头、石块、玻璃，正如开花的炸弹，在双方的上空划过。

面对眼前的危险，曾经当过兵的洪生明毫不畏惧，充分体现出一个司法工作者所应具备的大智大勇的优秀素质。

洪生明除了耐心地向双方展开法制宣传外，还适时地对其中个别气焰嚣张的人员，进行了点名警告。

经过洪生明反复地陈述利害与后果，终于及时地平息了一场可能酿成严重伤亡的大规模的群众械斗事件。

这样的突发事件，对洪生明和他所在的司法所工作人员来说，已是家常便饭。

洪生明常常要为此而工作到深夜，节假日往往也是在岗位上度过的。

只要哪里有纠纷，哪里需要法律服务，洪生明就出现在哪里。不管是白天还是黑夜，不管风里还是雨里，洪生明始终如一，殚精竭虑地工作着。

在洪生明和全司法所同志全心全意的努力下，终于使全镇的调解工作初步实现了"三无一降",即无民事纠纷转化为刑事案件,无因民事纠纷引起的非正常死亡,无积存民事纠纷,民事纠纷逐年下降。

司法所的工作人员,充分发挥了社会治安综合治理中的"第一道防线"的作用,并用实际行动,为基层司法普及工作作出了自己的贡献。

普法行动

吴纪元致力于青少年普法

　　佛山市禅城区的吴纪元，长期从事对青少年开展法制宣传教育的工作。

　　吴纪元认为，对青少年开展普法教育，不仅是司法部门的职责，也是每一位国家机关工作人员的义务。

　　吴纪元曾长期从事公安工作，目睹不少青少年由于不懂法，演绎出一幕幕令人扼腕叹息的人间悲剧。

　　那还是在1989年"一五"普法期间，吴纪元在梅县公安局工作的时候，负责押送一名犯罪嫌疑人宋某参加万人宣判大会。

　　宋某是一位从事个体运输业的农村青年。他聪明能干，刚刚新婚不久。但是，由于凭着哥们义气，宋某驾驶手扶拖拉机帮助朋友盗窃鸭毛，被判处有期徒刑两年。

　　在宣判大会结束后，吴纪元同情地问宋某："今天有什么感受？"

　　只见宋某哭丧着脸，后悔万分地说："公安同志，如果知道这样做会判刑，就是叫我死，我也不会去偷鸭毛啊！"

　　这撕心裂肺的忏悔，对吴纪元的震动很大。吴纪元想，如果我们把普法工作做在前头，此类悲剧就完全可以避免。

于是，一种沉重的责任感，促使吴纪元义无反顾地爱上了普法工作。

吴纪元认为，有能力帮助别人，特别是帮助青少年远离违法犯罪，是人生价值的体现。有了这个兴趣，就会在平时工作生活中，关注普法的人和事，善于取人之长，补己之短，不断提高演讲水平。

吴纪元觉得，一个人活在世上，能够学有所用，为人造福，被人尊敬，受人欣赏，是人生最大的幸福。

所以，只要普法办安排任务，或者学校、企业等单位邀请吴纪元去上法制课，吴纪元从不推辞，而是愉快地接受，并认真安排好本职工作，热心为他们服务。

多年来，吴纪元先后到学校、企业、事业、机关单位，上法制课300多场，受教育人次6万多人。

吴纪元说，普法者要有苦心，苦心就是每讲一场课，都要苦心经营。

在多年前，佛山大学邀请吴纪元给地理系的同学上一场《遵纪守法，立志成才》的法制课。此次他要面对的是有文化、有独立思考能力的大学生。

为了上好这堂课，吴纪元连续多天加班加点至凌晨。他认真学习《刑法》《治安管理处罚条例》，弄通弄懂法律条文及司法解释，碰到不懂的问题，比如何谓盗窃数额较大、数额巨大和数额特别巨大，贪污受贿数额多大才叫情节特别严重，才可以判处死刑……

对于这些问题，吴纪元都虚心地向法律工作人员请教，力争做到胸有成竹，经得起听众的提问。

同时，为了做到有针对性地开展法制教育，增强教育实效。吴纪元两次到佛山大学保卫处，调查了解学校存在的主要治安问题，搜集了该校学生刘某因赌博而盗窃犯罪被判刑，以及时任保安队长雷忠财勇擒窃贼的典型案例，用发生在学生身边，看得见，摸得着，活生生的典型案例来教育学生学法、守法和敢于同违法犯罪作斗争，使他们做一个德才兼备的社会有用之才。

课备好后，吴纪元还苦练口才，对着镜子进行战前演练，提高演讲艺术水平，力戒照本宣科，做到脱稿演讲，观点正确，举例生动，表情丰富。正式讲课后，受到广大师生的高度赞扬。

上法制课，对于兼职的普法讲师团成员来说，是一件不讲报酬，义务性质的苦差事，既花时间、花精力，有时还要垫钱。

兼职的普法讲师团成员，既要做好本职工作，又要利用业余时间，开展大量的调查研究和备课工作，可谓是争分夺秒，见缝插针。

上好法制课，同样离不开丰富典型的材料，这些材料要靠平时做好积累，包括时事政治、典型案例、知识趣味、俗语典故等等。

为了积累资料，吴纪元认真看书看报，办公室的所有报刊杂志，工作再忙，他都利用下班或者双休日，争取把它们全部浏览一遍。

一旦发现对普法有用的材料，吴纪元就把它摘抄或剪下来，分门别类地收集整理。

吴纪元已积累了 10 多本剪报资料，随时为他上各类法制课，提供不同的素材。

此外，吴纪元还留意收集身边的材料。有一次，吴纪元在公共场所捡到一张皱巴巴的旧报纸，有一个醒目的标题"天之骄子沦为阶下囚"强烈地吸引住了他。

文章说的是阳春县一位已经参加高考的学生范某，由于交友不慎，观看黄色录像后走上犯罪道路的事情。

当他父母接到儿子被名牌大学录取通知书的同时，也接到法院判决他儿子有期徒刑 4 年的通知书！这个案例非常典型，对青少年很有教育意义。

人家视为一张废纸，吴纪元却如获至宝，收集起来，上法制课时派上用场。

做普法员，还要有爱心，关心爱护青少年，帮助他们解决实际问题。

在多年前的一个寒冷的夜晚，吴纪元接手审讯涉嫌盗窃的青年李某。

李某当时饥寒交迫，冻得直打哆嗦。吴纪元不但对他进行苦口婆心的法律教育，还叫家属给他送来一件厚衣，并送上热气腾腾的菜饭。

当时，山区比较穷，对农村青年来说，有碗饭吃都是一大幸事。

李某感动得热泪盈眶，不但交代了自己的违法犯罪行为，还积极检举，并协助警方抓获了两名盗窃保险柜的犯罪嫌疑人。

鉴于李某的表现，警方免除追究他的刑事处分。此后，他改邪归正，经常为警方提供线索，成为公安机关的一名协助者。

吴纪元说，如果青少年提出的问题，不能帮他解决或者不想办法为他解决，那么普法的效果就会大打折扣。

有一次，吴纪元在大坪中学上完法制课后，有位同学向他投诉，说他被一位同学殴打，准备叫朋友报复他。听了法制课后，他放弃了打架斗殴的念头，但是他心里却不服。因为他曾向老师报告，老师却一直没有处理。因此，他请吴纪元为自己讨回公道。

为此，吴纪元专门找他的班主任了解情况，请班主任叫打人的学生向他赔礼道歉，化解了矛盾。

吴纪元指出，在普法过程中，发现问题，要尽力而为，或者及时向有关执法部门反映，努力化解社会矛盾，才能减少民转刑案件的发生。

致力于对青少年普法的吴纪元说，要教育青少年运用法律武器，保护自己的合法权益。

吴纪元说，有一次，他到张槎一家台商企业讲《劳动法》时，一位外来工投诉厂方扣押他们的身份证半年之久，问吴纪元能否运用法律武器帮他们解决。

吴纪元说："应该行！我尽力试试看。"随后，吴纪元专门找到厂方负责人，了解属实后，指出这是一种违法行为，如果不改正，公安机关可以按照《公安部暂住证申领办法》第十四条第三款规定，处 1000 元以下罚款。

厂方负责人接受了吴纪元的意见，在当天下午，就把 40 多张身份证归还了外来工，全体外来工无不拍手称快。

吴纪元说：

> 每位普法工作者都要认真总结经验教训，深入开展调研，了解人民群众对普法工作的需求，找出普法工作存在的问题，努力创新人民群众喜闻乐见、富有成效的普法形式，为提高全民特别是青少年的法律素质和社会法治化管理水平，创造良好的法治环境。

普法创造幸福家庭生活

1986 年开始的 "一五" 普法，改变了居住在上海闵行区的王伟迪的人生，同时也丰富了他的阅历，使他从一名电气工程师，转型成为一名思想政治工作者。

普法还陶冶了王伟迪的情操，充实了他的家庭，使他的家庭更加和谐美满。

从 "一五" 普法开始，王伟迪走过了人生中最重要的阶段，而自己的家庭，也在法制宣传教育中，增强了法制观念，提高了法律素质。

王伟迪说， "一五" 普法，是以《宪法》为主的 "九法一例" 为主要内容的普及法律知识的启蒙教育，需要一批法制宣传教育的宣讲员。

王伟迪因为曾为技术人员上过课，而且反响还不错，故厂党委在点将时，选中他这个电气工程师，作为法制宣传教育的宣讲员。

王伟迪回家后，与爱人一说，爱人立马就急了。她说："快 40 的人，还学什么新东西，搞技术不是很好？"

最后，组织上还是决定，让王伟迪参加了人称 "黄浦一期" 的市法制宣讲员培训班。

第一次接触到一条条凿凿可据的法规、一桩桩扑朔迷离的案例、一个个精妙绝伦的剖析，使王伟迪乐此不疲。

回家后，王伟迪还把一些有趣的案例，讲给爱人听，让她分享自己的快乐。

一次，王伟迪讲到离婚案。于是，爱人讲她医院有位女清洁工，离婚后生活困难，还带着孩子。

于是，爱人就问丈夫王伟迪，法律上有什么可帮忙的？王伟迪随即从《婚姻法》上，找到了"离婚时生活困难的一方可适当获得经济帮助"的条文。

那女工正是在王伟迪爱人的建议下，用这个原则，并通过法院，从其前夫那里得到了应有的经济补偿。

打这以后，爱人在医院里，在学法用法方面出了名，成了一名法制咨询员。

这样一来，王伟迪和爱人的沟通就频繁了。王伟迪就想，以前有了孩子，爱人把精力放在孩子上，我把精力放在图纸上，双方很少交谈，家庭生活总感到缺少点什么。现在好了，由于普法的缘故，夫妻俩有谈不完的话。

王伟迪不禁感慨地说：

> 家庭和谐需要沟通，法制就是沟通的桥梁。这好比两种乐器，原来是各弹各的调，现在是两种乐器和谐演奏一个曲。

基层干部播种法制意识

普先沙是云南省绿春县平和乡的司法所所长，也是这个司法所唯一的工作人员。

像过去的许多个日子一样，普所长这天又要下乡了。每一次下乡，普先沙的背上都有一个必不可少的大箱子。每一次都有 10 多公里，甚至更长的山路，等着他艰难跋涉。

多年来，普先沙就是背负着这个沉甸甸的电视机，走村串户地开展普法工作。

乡里的 76 个自然村，方圆 100 多公里，都留下了他的足迹。

在山西朔州，还有一位热衷普法工作的人叫杨维州，他是山西朔州市朔城区东榆林村的党支部书记。

多年来，杨维州不光熟读了 100 多部法律法规，做了几十本笔记，而且还定期通过村民大会、广播，以及用自己编写印发法律小册子的方法，带动村民学法。

杨维州说：

十年树木，百年树人，只要我们坚持下去，我觉得效果一定会有的。

在杨维州的带动下，村里的社会治安状况良好，多年来，没有发生一起刑事犯罪案件，杨维州成为远近闻名的普法活教材。

自1986年实施第一个五年普法规划以来，从中央到地方的各级司法行政机关和基层行政组织，形成了一支懂法律、有热情、能吃苦的庞大的普法队伍，正是他们的广泛参与，普法工作才得以深入开展。

普法工作的深入开展，改变了那些曾经对法律感到陌生的普通中国人的观念，也让他们领悟到了法律在自己生活里的重要性。

在辽宁省桓仁满族自治县向阳乡双合村，村民孙成福找出了他自"一五"普法以来，所看过学过的普法小册子。

孙成福说："这些都看过。有时间，像阴天不能干活时，就看一看、学一学。"

在学习的过程中，孙成福了解了《森林法》《土地法》《水法》《婚姻法》《妇女权益保障法》，还有《老年人权益保障法》。

孙成福在村里还有 ·个称呼，叫"法律明白人"。他所在的双合村，共有老老少少1900多人，像孙成福这样村里专门培养的"法律明白人"，一共有500多位。

也就是说，这个村子平均每一户人家，都至少有一个"法律明白人"，这些人都掌握了不少的法律常识。

辽宁省桓仁满族自治县双合村村委会主任李华庆说：

村民们都有个共同的语言，就是说不怕天，不怕地，就怕你手里没有法律；不学法、不懂法等于盲人骑瞎马。

像双合村这样对普法充满热情的村寨，现已遍布了大江南北。从电影电视到普法小册子，人们在以不同的形式，了解和认识法律。

从 1986 年到 1990 年实施的"一五"普法规划活动，以领导干部和青少年为重点，以《宪法》《刑法》和《治安管理处罚条例》等"十法一条例"为主要内容，全国大约有 6.4 亿公民，接受了启蒙式的法律常识教育，对法律的认同，对法治的追求，已经像一颗富有生命力的种子，被播进了中国社会的土壤之中。

三、 学法守法

● 经过"一五"普法后，蒲溪村的年轻人都已经觉醒，他们积极地支持韩林森、余明香交往，直到他们最后结婚。

● 刘建华说：进行公开、公示，一方面可以增加政府工作的透明度，另一方面也有效地保证了老百姓对于我们行政工作的知情权、参与权和监督权。

● 房家燕语重心长地告诫说：孩子们，无论什么时候，头脑中都要有"法"这根弦啊！

羌族人民摒弃包办婚姻旧风俗

对婚姻自由的追求，羌族人民可谓古已有之。传说木吉珠女神与人间男子斗安珠产生了感情，其父天神木比塔却极力阻拦，在斗安珠解答了天神提出的许多难题后，木比塔才允许女儿下嫁斗安珠。

在这个神话中，既展现了羌民对自由婚姻的憧憬，又反映了自由婚姻在羌族的历史上，并没有战胜包办婚姻。

由于习惯势力的力量，向往婚姻自由虽然只停留在神话的字里行间，但是古今羌民中，也有为爱情而不惜一切代价的。

从观念上摒弃包办婚姻，奔向自由婚姻，在羌族居住区应该是 20 世纪 90 年代以后的新鲜事。

商品经济对羌民生活方式的冲击，传播媒介对羌民思想的启蒙，"一五""二五"普法运动的开展，使羌族人幡然醒悟，以前的包办婚姻只是传统习俗所保护的陋习，自由婚姻才符合现行法律的要求。

于是，羌族人从灵魂深处认识到包办婚姻的不合理性，进而向自由婚姻的王国勇敢地迈进。

1989 年 4 月，蒲溪村的韩林森、余明香谈起了恋爱。而此时，余明香的父母已经为她定了亲，因此他们极力反对韩林森和女儿交往。

父母的拒绝，使余明香的思想有了波动。因为她想起了几十年前本地一个王姑娘的悲剧故事。

王姑娘的故事是这样的：20 世纪 40 年代，韩白玉姨娘王姑娘，在日常劳作中，认识了奎寨的祁德寿，并逐渐有了感情。

但是，王姑娘的父母已为她包办了另一门亲事。于是，王姑娘就和祁德寿双双私奔外地，祁德寿靠做泥水工维持生计。

在一年之后，夫妻俩返乡。但是，王姑娘的父母及其家族，都与她断绝了血亲关系。

因为，当时人们认为这种没有父母之命的婚姻，是违背民族习惯的，是不合法的。

但是，经过"一五"普法后，蒲溪村的年轻人都已经觉醒，他们积极地支持韩林森、余明香交往，直到他们最后结婚。

一个平凡的故事，所揭示的深刻道理是：羌族人民已从观念上抛弃了传统习惯所保护的包办婚姻，实行了法律所确认的自主婚姻，自主婚姻不仅进入了羌族人的思想，也进入了他们的生活之中。

用法律为他人排忧解难

源崧从西南某中专毕业后，怀揣着梦想和为数不多的生活费，来到佛山谋求发展。

在朋友的帮助下，源崧很快就找到了一份在某钢管厂当质检员的工作，从此开始了"打工一族"的生活。

源崧所在的厂，规模不是很大，但却十分重视普法教育工作。厂里还专门成立了普法领导小组，不定期地检查、督促、指导各车间的普法宣传工作。

该厂宣传栏里贴出外来工法律知识竞赛复习题与有关参赛方法的通告。

法律知识竞赛，对于外来工来说，的确是个"新鲜事"。于是，这则通告与这套复习题，深深地吸引了大家的眼球。

虽说贴出来的是复习题，但却都配有答案，而且这些习题都是与外来工息息相关的法律法规。

特别是《劳动法》部分，更是成为源崧和同事们茶余饭后谈论的主题。

由于源崧的记性好，因此总是在争论中获胜。于是，很多同事都劝源崧去参加竞赛。

就这样，源崧报名参加了竞赛。白天，源崧正常上班工作。晚上，则挑灯夜读，把一个个法律知识点，抄在一张张小卡片上，放在口袋里。闲暇时，源崧就掏出来看看。

经过半个月的紧张复习，源崧通过初赛的角逐，代表车间参加总决赛，最终高兴地取得了三等奖。

有了第一次和法律的成功接触，源崧学法的积极性更高了。在学习的过程中，源崧更加深刻地体会到，由于多数外来工文化程度不高，法律意识淡薄，遭遇不公正待遇时，不少人选择了吃哑巴亏。

还有的选择铤而走险，走上了犯罪道路，给社会稳定造成危害。普法，对于外来工来说，已到了刻不容缓的地步。

于是，源崧便成了一名义务普法员，将自己所学的法律知识，尽量用浅显易懂的语言，告诉周围的打工朋友。特别是一些与外来工生活密切相关的法律法规，如《民法通则》《合同法》《劳动法》等。

学法普法，不仅使源崧的业余生活更加充实，同时，源崧还用所学，帮助身边的人。

源崧有一位老乡，在一家小工厂上班。因有身孕，将临产，于是就向公司提出休产假。

工厂以人员紧张为由，让她延期再请。为了不失去这份心爱的工作，她同意了老板的要求。

过了一些天，她感觉自己实在是难以承受工作的压力，于是又去向老板请产假。而这次老板只给她 60 天的产假。

她的丈夫知道后，约源崧一起去跟老板要个说法，源崧欣然同意。

在这位老板面前，源崧理直气壮地跟老板说："根据国家规定，女职工产假为 90 天，其中产前休假 15 天，你怎么只给她 60 天的假期呢？"

老板则蛮横地说："在我工厂，我就是法，一切我说了算，她不干可以走人。"

源崧心想："呵呵，今天可是秀才遇见了兵，有理说不清了，不拿出'规定'来，老板是不会改变主意了。"

于是，源崧拿着一本借来的《全国职工普法知识读本》，再次找到老板，向他陈述了利害关系，并找到"对女职工的特殊劳动保护的有关规定"给他看。

此时，老板的语气马上缓和起来，立马承诺一切按规定办理。

这个结果令源崧备感欣慰。在欣慰之际，源崧更加感谢法律，他觉得是法律给了自己智慧和力量，为他人排忧解难，维护了法律的公平与正义。

政法干警深入学校普法

为切实提高广大青少年的法律素质，培养他们良好的法制观念，云南省昭通市鲁甸县新街乡司法所积极组织干警深入到全乡中小学校，开展法制宣传教育的活动。

新街乡司法所的工作人员，不辞劳苦，通过以案说法、互动讲学、作文比赛等形式，使广大青少年学法、知法、守法，促进学生们树立正确的世界观、人生观、价值观。

司法所每年都深入到全乡各中小学校，开展法制宣传活动。

他们在不同的学校，因时因地制宜，针对各学校学生情况，和当时普法知识的重点，对他们进行因材施教，互动讲学。

司法干警利用同学们身边日常生活中发生的一些小事，讲权利、讲责任、讲义务，使他们懂得法就在身边，要不断学法、守法、用法。

有一次，司法所的两位同志一起来到邓家小学，进行法制宣传。

司法所所长戴辉给邓家高年级小学和邓家小学两所学校400多人，上了一堂生动的法制课。

戴所长通过通俗易懂、生动感人的法制小故事说明

"走路、骑自行车、坐摩托车也要规矩"，讲解交通安全知识；从"小学生日常生活中，双方发生口角，吵架到打架斗殴"，讲解预防青少年违法犯罪知识等。

听课的老师和同学们，都被戴所长讲的故事深深地感动了。

在不知不觉中，一个多小时过去了。大家忘记了烈日暴晒，仍然听得津津有味。

还有一次，在青箱高年级小学，戴辉所长给同学们讲解了普法的进程，以及学法的重要性和违法的危害性，要求青少年同学要加强思想道德建设。

通过同学们身边常发生的"捡到东西要不要还"的案例，戴辉讲解了我国古代唐、宋时期的法律规定，到当前的《民法》和《刑法》知识，对拾金不昧问题的区别，使大家充分认识到拾金不昧精神的可贵，捡到东西不还的可耻。

从"交通事故发生后要不要报案"的案例，戴辉讲解我国的《道路交通安全法》知识，从"青少年被人欺侮要不要报仇"的案例中，讲解我国《治安管理处罚法》知识。

戴辉还告诉同学们，学习法律知识的途径：

　　向书本学，在实践中学，向有经验的人学习，观看中央台和地方台电视法制节目也可以学习。

戴辉要求同学们远离不良的行为，做一个遵纪守法的小公民。

　　课后，学校组织广大学生写心得体会作文，全校进行了作文比赛。

　　从同学们的作文中可以了解到，学生们普遍提高了对法律法规的认识，在学校学习的风气日渐浓厚，做好事的人多了，打架斗殴、违反纪律的少了，学风、校风、纪律好了。

　　广大师生还强烈要求政法干警们，多去学校上法制宣传课。

　　普法学法，已经成为师生们在学习生活中不可缺少的一部分。

把法律交到人民手中

1986 年，我国拉开了"一五"普法工作的序幕。在普法的进程中，全国人民逐渐树立了守法的意识，用法律规范自己，做一个守法公民，成为广大人民群众的自觉选择。

同时，有越来越多的群众，开始学会用法律来维护自己的权利。

在多年前，广西宜州合寨村的一次村委会选举，完全按照 1988 年试行的《村民委员会组织法》的规定来进行选举。

合寨是一个壮族聚居村，1980 年开始实行土地承包责任制，随着分田到户，原生产大队的凝聚力和约束力逐渐减弱，合寨大队管理委员会对日益严重的赌博、偷盗等现象束手无策。

在普法工作的润物无声中，法律送到了无数个偏远山村，数以亿计的农民接纳了法律，实践着自己的民主权利。

在这次合寨村第七届村委会的选举会上，不仅选出了村委会主任韦焕能，而且还选出了村委会的副主任和委员。

其中，当选为村委会副主任的韦向生，就是在 1980年，带领合寨村的村民在村北头的大樟树下，完成了中国第一次村委会选举。

原合寨村村民委员会主任韦向生说："我们选出村民委员会，群众自治组织，都是民主选举。"

韦向生后来回忆说：

> 这一天，果作村民委员会在宜山县三岔公社合寨大队果作屯（合寨村）的一颗大樟树下诞生。有一百多家农户的果作屯有85户派出了代表以无记名投票的方式，选举产生了自治组织，全票当选的韦焕能将这个新组织命名为"村民委员会"，他本人则成为村民委员会主任。
>
> 此后不久，经过民主商议，果作村委会制定了《村规民约》和《封山公约》，村民们的红印章和红手印重重地印在这份三页纸的约章上。村规内容包括：严禁赌博；不准在路边、田边、井边挖鸭虫；不准盗窃等。

随后，当地治安明显好转，经济建设也快速发展，合寨大队也随后改为村委会，周边县份的村屯纷纷效仿建立村委会。当时，韦焕能和他的壮族乡亲们没有意识到，他们的创举揭开了中国农民"直接行使民主权利，依法管理自己的事情"的历史序幕。

全国人大常委会原副委员长王汉斌后来说：

> 广西这个地方成立了村民委员会，彭真同

学法守法

志认为这是很重要的创造，所以在起草修改宪法的时候，在人大和地方政府部分，最后加了这一条，写上了宪法。

在如火如荼的普法实践中，"一五"普法的重点是"十法一条例"，其中被摆在首位的就是《宪法》。

列宁曾经说过："宪法是一张写满权利的纸。"

在《宪法》当中，我们看到，在"公民的基本权利和义务"一章，规定了每一个中华人民共和国公民所享有的基本权利，其中包括选举权与被选举权、人身权利、劳动权、休息权、受教育权等。

前所未有的普法工程的第一个重大成果，就是把法律交到了全国百姓的手中，逐步在公民中树立起了宪法观念和权利意识，并把它们运用到维护自身合法权益的法律实践当中。

普法工程在经济建设与法制建设之间，建起了一道桥梁，使人们掌握了丰富的市场经济法律知识，懂得了法律在从事市场经济活动中的价值，他们依法进行生产经营管理，依法维护自己的经济利益和其他各个方面的权益。

在法律的保障下，千千万万的弄潮儿，插上了腾飞的翅膀，在社会主义市场经济的广阔天地里，自由地搏击翱翔。

这，就是新时期以来，普法创举在完成公民权利意识塑造之后的又一重大成果。

市民勇敢维护正当权益

宋成晋是青岛市的一个普通市民。2000 年 6 月，宋成晋听说青岛热电集团准备在自己居住的洪山坡小区建造一个造价为 1.2 亿元的大型燃煤供热站，这个工程将解决周围几十万平方米住房的供热问题。

这意味着，在这个安静的小区里，将会出现 24 小时运转的燃煤锅炉房，每天有大量的原料和废料运入运出，并且锅炉房离居民楼最近的距离只有 10 多米，这引起了宋成晋和其他小区居民的不满。

宋成晋说："它排出的二氧化硫，会使整个天空的空气质量变坏；再一个噪声，它那个分贝绝对控制不了 40 分贝以下。"

居民们与热电集团交涉，热电集团说规划局已经许可他们在这里建供热站。

居民们认为规划局的审批行为，侵犯了他们的权益。于是，洪山坡小区的 1234 户居民提起集体诉讼，将青岛市规划局告到了法院，请求法院撤销其选址不当的行政行为。

居民们在这个法庭里打的这场官司，就叫"行政诉讼"，他们依据的是 1989 年 4 月 4 日，七届全国人大二次会议审议通过的《行政诉讼法》。

正是从那时起，"民告官"真正拥有了法律的护身符。其中，在法院判决结案的案件中，原告的胜诉率达到三分之一左右。

小区居民张聚凤说："我们有权利、有资格，拿起法律武器来维护我们自己的权益，也算是给政府提出一个合理化的建议，帮助政府来改正他们工作当中的一些不足。"

居民们的这场诉讼，最终促进了行政机关依法行政，被告规划局决定在远离小区的地方，另行选址建供热站。

这里将不会出现污染环境的锅炉房，取而代之的是环境优美的住宅楼。

由于行政机关已经纠正了自己的行政行为，居民们也就选择了撤诉。

青岛市规划局在这场诉讼后，建立起了规划公示制度，把城市规划展示给公众，市民们可以把自己的意见反映给规划局，规划局根据大家的意见，来修正自己的规划。

时任青岛市副市长刘建华说：

进行公开、公示，一方面可以增加政府工作的透明度，另一方面也有效地保证了老百姓对于我们行政工作的知情权、参与权和监督权。

普法不仅让领导干部知道了政府行为对人民应当是

透明的，更重要的是政府应当依法办事，行政机关应当是为人民服务的。

时任司法部法制宣传司司长肖义舜说，依法治理主要包括地方依法治理、行业依法治理和基层依法治理"三大工程"。通过这三大依法治理工程的推进，不断提高全体公民的法律意识和法律素质，提高全社会的法制化管理水平。

从一五普法以来，领导干部就一直是重点普法的对象。而法制讲座，则是在领导干部中普法的重要方式之一。

通过对领导干部的普法来推进依法行政，是普法创举结出的又一个硕果。

随着普法的不断深入，依法治理工作也全面推开，依法治村、依法治县、依法治市、依法治省等观念深入人心。

检察官义务给学生普法

北京市昌平区检察官房家燕还有另外一个职务，那就是学校法制辅导员。房家燕经常被邀请去中学讲法制课。

一次，房家燕到一所中学去讲法制课。她刚走到校门口，就看见一伙十五六岁的男学生围在一起，叉腰瞪眼，有的还吵嚷着："放学见，咱们没完，有你没我。"

一听到此言，房家燕正准备上前，这时铃声响了，学生们都集中到教室来，听房家燕上法制课。

房检察官的心中，始终无法放下刚才那几个吵架的孩子。于是，房家燕在讲课时，特意举了学生因吵架动手，酿成惨祸的例子。

房家燕说，同学之间有矛盾要学会沟通，互谅互让，千万不能意气用事，大打出手。这种一时头脑发热导致的后果，不仅会给同学造成伤害，还会给学校、家长带来巨大的创痛。

房家燕语重心长地告诫说：

孩子们，无论什么时候，头脑中都要有"法"这根弦啊！

此时，房家燕充满关爱的目光，轻轻地滑过每一位学生的脸。

课后，那几个男生围过来，红着脸对房家燕说：

> 阿姨，刚才您讲的这些中学生案例，让我们知道了什么是违法犯罪，我们不想走上犯罪道路，那太可怕了。现在我们知道该怎样做了。

此时，只见男孩们把手拉在了一起。

就在那一刻，房家燕感到，所有的劳累和担心都化作了欣慰。这也使房家燕更加热心于法制辅导员这个业余职务了。

像房家燕检察官这样的法制辅导员，以及法制副校长，已活跃在全国各中小学校里。

法制副校长和法制辅导员，多年来由政法一线的人员担任。他们具备良好的法律知识，可以利用学校特定的文化传播空间，配合学校对学生进行形式多样、有针对性的法制教育。

这种法制副校长和法制辅导员在增强广大中小学生法制观念、预防青少年违法犯罪，以及综合治理校园周边环境的工作中，发挥了不可替代的作用，已成为青少年法制教育工作中的一道不可缺少的环节。

敦促学法营造民族和谐

1986 年，"一五"普法刚刚开始之际，云南省勐捧农场六分场党委书记沙劳，勇敢地挑起普法教育的重担。

沙劳以自己的执着，把爱和普法之情，洒遍了整个分场。由于沙劳多年来坚持不懈地努力，为构建稳定和谐的农场打下了坚实基础。

为了搞好普法教育工作，沙劳积极地学习法律知识。平时，只要一有空，沙劳就自学法律。他常常利用晚上的时间，加强学习。

在普法教育期间，沙劳总是翻来覆去地学习各种法律知识。对于新到的法律读本，沙劳少则学习一两遍，多则四五遍。

沙劳是越学越有劲，越来越有兴趣。对不十分明白的法律条文，沙劳不厌其烦，直到自己真正读懂、领会为止。

沙劳深知，要搞好普法工作，光是口头教育不行，用制度管理才是关键。

从事普法工作一开始，沙劳就规定干部的普法学习时间，要求机关干部每星期学习法律知识三次，一次学习时间不得少于两个小时。

同时，还要求生产队干部，每周学习两次，每次至少学习两个小时。

沙劳还要求大家，在学习结束后，副队级以上的干部必须写出心得体会，分析自己的不足和长处，谈谈自己对学习法律的感触和认识，并集中进行讨论，总结出普法重点及意义。

勐捧农场六分场，是一个典型的少数民族分场，有哈尼族、苗族、回族、彝族等少数民族，其中哈尼族占 38%。

由于语言不同、风俗习惯不一样，给沙劳的普法教育工作带来了一定困难。

其中，农场里有的职工认为，普法学习是领导干部的事，与自己无关，只要管好林地或割好胶，就行了，不用学法。

针对这种情况，沙劳就苦口婆心地做这些职工的思想工作。沙劳耐心地向他们讲道理，摆事实，并且充分利用书本上的知识，以及现实生活中所遇到的事情，做分析和对比。

通过细致的讲解和案例说明，使职工逐渐明白了学习法律知识的重要性，进而树立起学习法律知识的信心。

职工的思想也有了根本性的改变，一个个从不理解不支持，到积极参与学法。

为了使当地哈尼族群众能够听得懂所学法律的内容，掌握要点，沙劳充分利用懂当地哈尼族语言的优势，先用汉语讲解，再用哈尼语言翻译，取得了良好的传播效果。

　　在学习过程中，沙劳一方面集中生产队干部学习，另一方面到基层传授法律知识。

　　有一次，狂风暴雨下个不停。当时，公路不通，就连步行都很困难，但是沙劳并没有退缩。他仍然冒着暴雨，到生产队传播法律知识。

　　当晚回到家时，已经是 21 时多了。

　　在沙劳的努力下，勐捧农场六分场的社会治安稳定，赌博现象明显减少，没有吸毒贩毒人员。人们安居乐业，到处呈现出一片和谐向上的喜人景象。

运用法律挽回经济损失

在"一五"普法期间，湖南省望城县采取分类施政，增强普法的适用性，效果明显。

在普法教育中，县普法办采取"区别对待，分类施教，层层负责，系统管理"的方式。

县普法办首先紧紧抓住领导干部学法这个重点。

1986 年，正值整党阶段，县委把党员干部学法问题作为整党中的一个重要内容，普遍上了"党员必须在宪法和法律范围内活动"和"共产党员要做遵纪守法的模范"的党课。

县人事局根据县政府的安排，会同县司法局等有关部门，对全县国家干部学法、用法、守法情况，进行了全面的考察。

望城县还狠抓了对青少年的法制教育。

从 1986 年开始，全县初中以上学校的班级，都开设了法律常识课，把省编教材纳入了教学计划，并保证教学课时。

特别是县教师进修学校，是培训全县师资的学校。他们抓住教师进修的机会，传播法律知识。这些师资力量在返校后，发挥了普法骨干的作用。

对于社会青年，普法办一是结合社会治安，举办有轻微违法行为的青少年学习班，也收到了明显效果；二是开展知识竞赛活动。

在1986年至1997年，普法办先后两次组织了大规模的法律知识竞赛，通过层层选拔，使竞赛活动具有广泛的群众性。

靖港区农民代表队在第一次竞赛中，获得全县第一名；县供销社青年职工代表队在第二次竞赛中，分别获得县、市第一名，省军区竞赛第三名，全省第二名的好成绩。

此外，县普法办对农村分几个层次的对象，进行普法：一是农村村级干部，由乡镇培训；二是治安、调解人员，由业务主管部门培训；三是党员和村民组长，由支村两委负责培训；四是退休回乡的干部教师，由村或乡镇负责培训；五是"三户"，即遵纪守法户、五好家庭户、双文明户户主，由宣传、武装、妇联等部门培训；六是农村妇女"双学"，即学文化、学科技学员，由妇联培训；七是党员联系户，由党员负责包教；八是团员青年的教育，由团支部开展适合青年特点的活动进行；九是工商户、专业户，由工商所、税务所、司法所等负责培训；十是有轻微违法行为人员，由帮教组进行包教包管。

为了摸索普法的经验，在1986年，县普法办与县个协，进行对个体工商户学法的试点。

针对个体工商户违法违章、聚众赌博、非法经营、违反计划生育、偷漏税款等突出的问题；个体户的合法权益受到侵害、不会依法经营等现象，以及个体工商户居住分散，学法难集中，忙于经商，学法时间难保证，人员流动性大，对象难落实，自主分散型经营，政令难畅通的特点，采取了一些有效的方法。

一是按行业分期分批办班，请公安、司法、工商、税务、卫生、计生等部门，选用适当法规及基本知识进行授课，并在结业前闭卷考试。

二是利用个体户经济条件好的优势，要求每户门前开辟一个宣传栏，每月更换一次内容。

三是把普法作为业务管理的一项重要内容。要经商，先学法。如申办营业执照，事先要学好有关法律法规的基本知识；对违章的，在责令整改，或给予一定经济处罚的同时，违章者还必须交出学习有关法律法规知识的合格答卷。同时，结合年检，在依法纠正违章中，开展法制教育。

1986 年，县工商局共查出无照经营 124 户，租让营业执照的 5 户，取缔了一些不合法的"公司""货栈""中心"，查处非法印制书刊杂志、侵犯注册商标专用权、转嫁经营风险等 7 起违法案件。

同时，因势利导，开展活生生的法制教育，收到了处理一案，教育一片的目的。

四是开展评选文明经营户的活动。1986 年，全县个体户有 625 户被评为文明经营户。

五是宣传学法用法的典型。在普法工作中，普法人员坚持正面教育，抓好积极因素。注意发现、培训和宣扬典型。

1986年9月28日上午，运输个体户郭均社运货路经长沙市浏阳河路时，见一歹徒驾驶吉普车，疯狂冲向人群，当场压死3人，压伤5人后，仓皇逃跑。

郭均社临危不惧，开着自己的货车，拦住歹徒的车，协助公安机关将其抓获归案。

郭均社也因此被县人大常委会授予"模范公民"的光荣称号，荣记二等功，并受到市政府、市公安局的表彰奖励。

县个协广泛宣传了郭均社的事迹，并在各种会议中请他现身说法，收到了很好的效果。

此外，县有关部门还成立了禁赌、维权等协会，成立帮教失足者小组，设立文明经商监督箱等，个协的做法，收到了明显效果。

其一，增强了公民的法制观念，依法尽义务的人越来越多。

桥驿乡麻石加工个体户李富强1987年主动补交税费1.2万元，全县1987年至1988年8月，上交税费316万元；全县个体户计划生育节育对象391人，无一例计划外生育；从1986年至1988年，个体户慰问、援助烈军属、五保户和关心公益事业捐款达3.8万多元。

其二，自觉维护社会治安的人和事不断地涌现。

1987 年，桥驿旅社个体户徐正明，见义勇为抓流氓，挽救两个姑娘于危难之中；桥驿饮食个体户舒友文，慧眼识罪犯，协助公安机关将多年未破的多起盗窃电线的两名案犯抓获。

全县个体户积极配合政法部门，维护社会治安的事件达 500 多起。

其三，挽救了一批失足者。全县刑释解教回归的个体户有 6 人被评为文明经营户，有 33 人脱贫致富，有 65 人改恶从善。

其四，运用法律武器维权。白箬个体户廖学礼，在 1986 年从郴州购买 22 立方米松木，手续齐全。在途经攸县图岭检查站时被扣。

廖学礼想，扣木材必须要指出行为的过错，检查站不能无故扣押。

于是，廖学礼先后 5 次到该县个协和林业局申辩理由，终于将被扣木材全部运回，挽回个人经济损失 1.2 万元。

1988 年 2 月，长沙市西区公安分局三叉面矶联防队段某等 3 人，先后在望城县谷山乡桃花、南村、金甲 3 个村 11 户个体户家中，拿走价值达 1400 余元的烟花鞭炮。

这些个体户觉得西区联防队超越了自己的管辖范围，且不具备执法主体资格。

于是，他们联名向望城县个协反映情况。县个协派人与西区公安分局进行交涉，分局责成段某等赔偿了一切损失。

仅在 1988 年，望城县个体户运用所学的法律知识，就挽回经济损失 56 万元。

县普法办及时总结，并推介了县个协的经验。同时，还把这个经验在全省个协法制宣传教育工作会议上做了介绍。

在"一五"普法期间，望城全县各行各业有普法试点单位 58 个，都起到了很好的示范作用。

本书主要参考资料

《国史全鉴》 本书编委会编 团结出版社

《共和国要事珍闻》 郑毅 李冬梅 李梦主编 吉林文
　　史出版社

《公民用法故事》 马巧珍 贺锐主编 山西人民出版社

《百姓普法丛书》 于卫国 卫子编 中国民主法制出
　　版社

《村法制宣传教育学习读本》 梁旭主编 国家行政学
　　院出版社

《真情如歌：五十年代的中国往事》 黄新原著 中国
　　青年出版社

《农民普法简明读本》 湖南省依法治省领导小组办公
　　室编 湖南人民出版社

《中南海三代领导集体与共和国政法实录》 严书翰主
　　编 中国经济出版社